Gaea

Gaea

貓語人

殺意樹

譚劍 著

The Cat Whisperer 1

貓語人 1

The Cat Whisperer

目錄

新版序

譚劍

「貓語人」系列能重出江湖，對我來說，是值得放鞭炮慶祝的事。

在香港，訪問我的記者往往集中在《人形軟體》（也是由本系列的蓋亞出版，港版叫《人形軟件》）上，常常以爲「貓語人」是我的遊戲之作，但我寫這系列時，並沒有因爲這是寫給青少年讀者的輕小說而放軟手腳。我同樣出盡氣力花足心思去寫。和我其他小說不同的是，這系列的文字更簡潔、節奏更明快、更需要喜感，以及正邪分明的結局。而且，一如我其他作品，同樣希望喚起讀者重視本土文化。

由於故事主角都比我目前的年紀年輕得多，我寫來特別愉快。這書讓我回復青春。

回顧這系列，有以下發現：

《殺意樹》出版後，我才聽說這是台灣第一本以安平樹屋爲主題的小說。《字鬼》裡重要場景之一的草祭二手書店在二〇一七年四月二十六日吹熄燈號。《永保安康的惡魔咒語》裡提及的台南市區鐵路地下化計畫東移，引起廣大的社會迴響。當然不是這書的效力。

我從一開始就希望這個系列能一直寫下去，而且希望主角不只是在台南活動。當年的讀者已經成長，主角也一樣。第四本我會讓他去日本的堺市（我已寫了一大半），在日本晃了一陣後，我希望他能來到我的城市香港冒險，再接下來能去其他國家，跟我這作者一樣踏足歐洲和非洲的土地。我相信其他國家一樣有各種故事等待我們的主角，他也會和不同國籍的貓做朋友。交友，或被牠們騙得死去活來！

貓語人

楔子．我是樹

讓我用樹根纏著妳的頸吧！可人兒。

妳好像才十六歲，眞年輕啊！人類的十六年，對我們這些大樹來說簡直不值一提。

不過，放心，我不會把妳勒死！太浪費妳了。我的樹根很溫柔，只會在妳的脖子上圍成一圈，再伸進妳的衣服裡，撫摸妳光滑的肌膚，緊緊包裹妳的肩妳的胸妳的腰妳的腿。

我的鬚會仔細探索妳身上每一個毛孔，好好汲收妳的精華。妳身上處女特有的氣息，有一點甜味，很香，像果子一樣。只有活人才有這種味道。

我會把妳好好捲起來，埋在樹根底下，再用泥土覆蓋，最後在上面鋪滿落葉。沒有人會發現妳在我底下靜靜安睡。妳一邊睡，一邊讓我汲取妳的生命。我會把妳的血肉汲得一點不剩。妳的骨頭會長埋黃土，滋潤大地。妳身上沒有一點東西會浪費掉。

好好睡吧！妳不會感到血腥或痛苦，這一切對妳來說只是夢境一場。妳會在夢裡飄到遠方。

這不是謀殺，而是一種轉化。妳不是死去，而是成爲我的一部分。變成樹，除了無法走動外，其實，妳更能好好地享受生命。妳會在早上聽到鳥兒唱歌，看到日出日落的光影變幻，聽到一年四季時間流轉的聲音。妳會活得比人長，妳會目睹他們變老，目睹他們的孩子變老。一代代的人變老，而妳仍然屹立不倒。

妳一開始應該很難習慣，不過，日子久了，妳會向我感恩，我讓妳接近不朽。

01

黃子靈一邊騎機車一邊哼歌，沒想到那群低飛的野鳥，拐了個彎後，竟然還會繼續低飛，飛到和她齊頭的不尋常高度，從正面向自己發動空襲，像那些3D電影裡衝著觀眾而來的轟炸機。

這想法一閃即逝，她很快意識到自己並不是在看電影。即使她發現附近沒有其他車，也不知道該怎樣閃避或煞車。

鳥群也沒有停下來的意思。眼看快要中「鳥砲」時，她以爲會有奇蹟出現：鳥群會往上空急直，或左右分飛讓她像摩西般分開紅海，甚至平空消失……

她以爲——

沒有以爲。她目睹一隻隻鳥向自己的安全帽撞個正著，一陣陣「拔拔拔」的撞擊聲在安全帽裡響個不停。

她的腦袋像中彈般猛烈撼動，身子很快失去平衡，從機車摔了下來，面朝天，背在下，身體在馬路上滑行。車子不知去了什麼地方。

她看不到藍天，眼前只浮起心愛男人的笑容。自己想當十月新娘的美夢，似乎要破碎。

他身上的那個詛咒：所有和他交往的女子都會遭遇不幸。她一直以爲自己可以逃得了，沒想到一樣無法擺脫。

她最後不知撞到什麼東西時，眼前已一黑。

02

兩年多前的二月，最後一個星期五。改變她一生的一天。

下午四點零五分，黃子靈拖著一身疲累回到教職員室裡。

「子靈，有點事情要問妳。」

小莉走過來，一臉嚴肅的表情裡藏了個精靈古怪的靈魂。她們都是去年才入職——拜少子化所賜——都是只簽了一年合約的代課老師，都是二十五歲，三步不出閨門的宅女。所以，在同事裡頭，兩人最是投契。有時她覺得自己和小莉只是混在一堆大人裡的小女生。

「妳說。」子靈的座位在窗邊，陽光猛烈的時候會很熱，不過，她就喜歡陽光氣息。

小莉把文件夾放在桌上，抽出一張粉紅色的紙。

「我在準備期末考的試卷。」

標題大剌剌寫著「六人晚宴在台南」，下面的幾行小字說：「你可以從交談的內容，和進食時的儀態，仔細了解對方。即使找不到心儀的對象，也可以擴展你的生活圈。」

「要不要參加？」小莉壓低聲線，發現有個年長的男教師看過來時，才抬高音量。「妳的樣子好累？」

「當然累，一連七堂，從早上八點起到下午四點，中間午休一小時不算，那只是忙得快死時稍微透氣的片刻。」子靈也忙說。

「我還不是一樣，在這七個小時裡，我一直說個不停，不只要教書，還要維持教室裡的秩序。這年頭，學生都頑皮得不得了。男女同學眉來眼去，用手機傳訊息，看電視……花招百出，層出不窮，簡直像馬戲團。有一回在黑板上寫字時，聽到有狗吠，正以爲哪個學生學得這麼神時，沒想到回頭一看，教師桌上眞的有一條米克斯狗，對自己咧嘴大笑。他們是怎樣把狗帶進學校裡的？」

小莉一直留意那男教師。他不只偷聽自己講笑話，而且也在忍笑。等他遠去時，她才壓低聲音追問：「要不要參加？」

「妳爲什麼不發簡訊來問我？」子靈問。

「來不及了。我馬上就要答覆他們。妳看，時間是今晚七點。」小莉指向上面的日期。

「妳也太急了吧！像學生一樣，在最後一天才做寒假作業。」子靈用訓斥學生的口吻道。

「我有個朋友臨時退縮才想到妳啊！」

「爲什麼不是一開始就想到我!?」

「妳說妳不急嘛！一切隨緣。」

「開玩笑而已。我不打算去。沒人要的男人才會參加這種活動。」

「妳這是什麼時代的想法？是從古代穿越到現代的人嗎？難道妳想學她們那樣？」

子靈抬頭，瞄到幾個敗犬教師的目光向自己掃來，當下把頭垂下去。

教師公認是難找對象的行業，除了生活圈子窄以外，還有很多人誤以爲國文教師很古板。實情當然不是。她也有趕潮流的一面，愛打扮，和一般女生無異。

不過，中文系的學生往往覺得自己多讀古文，沾了仙氣，女同學之間也會以仙女相稱。畢業離開學校，她們視爲離開仙山下凡，因此眼界很高，即使有錢的男人，也未必看得上眼。

「想夠了嗎？到底妳去不去？」小莉追問。

子靈抬頭時，又和那幾個交頭接耳的敗犬老師有了短暫的眼神接觸。

03

子靈把摩托車停在民族路二段一條巷口後，不禁笑了起來，覺得自己和放學後趕去趴踢的女學生其實沒有兩樣。

相親地點在「危樓」，是一家由老宅改建而成的西餐廳，從巷口走進去十公尺才抵達門口。

她當初以爲地點是在遠東大飯店那種高級地方，想不到其實是在老宅。其實老宅更有風味和台南特色，她喜歡。

一輛計程車剛好停下。一個女人跳出來，雖然看不清臉孔，但一身打扮很是亮麗，彷彿準備在小巨蛋登台的情歌天后，只差旁邊沒有舞者。

和這個一看就知道是來聯誼的女人相比，子靈覺得自己穿得很寒酸，但定睛一看。

「小莉！天啊！原來是妳，幾乎認不出來了！」子靈掩嘴道。

「哈哈，是嗎？我可沒有妳般天生麗質，略作打扮就可出場，我要進化到另一個境界，才不會被妳比下去。」

「妳也太誇張了吧！」

兩人笑著走進危樓裡，給帶到訂下來的桌子時，才發現其餘四人早就已經就座。

子靈望望手錶，才六點四十五分，驚道：「我們不是約七點的嗎？怎麼你們全都到了？」

「我怕遲到，反正來了，爲什麼不進來坐？」坐在正中的男人笑道。他看來三十歲出頭，眉宇間有一種自信，搭配麻質布料的衣著，很是風流倜儻。要是他拔出長劍，挽了個劍花後把蒼蠅釘在牆上，或者在蒼蠅背上微雕「我愛妳」三個字，她一點也不意外。

子靈第一眼就對他有好感。

他叫蕭大年，在大學唸藝術博士，也是畫家，開過幾次畫展。同桌的人聽時，眼睛都不禁放光。女的是欣賞，男的是嫉妒。

「畫家能賺錢嗎？」有個男的問。

「當然能，而且很多，」蕭大年答：「不過，一般來說都在死了以後。」

大家一陣哄笑。

「爲什麼不去台北唸？」有個女生問。

「難道台南的大學比不上台北的嗎？」蕭大年答。

聽到這句，子靈暗暗爲他加分。

六人逐一介紹自己的背景。除了蕭大年，其他兩個男人的自我介紹子靈根本聽不下。

五道菜的西餐，說不上是特別美味可口，不過眾人也志不在此。要是參加聯誼的人比美食遜色，才教人倒胃口。

眾人交換了聯絡方式後就分道揚鑣。她很有禮貌地抄下三個男人的手機號碼和email，只有蕭大年的她檢查了兩次看有沒有抄錯。

不過，她的想法有點多餘。第二天，蕭大年便主動來電約她下星期六到郊外玩。

04

週末約會持續了四個星期，他每次都開車載她到郊外踏青，每次都很開心，每次都能增進彼此了解。

在第四個星期六，她終於鼓起勇氣，在餐廳裡用關切的口吻問：

「其實像你這樣唸藝術的，到底能生活嗎？」

「我嗎？」他喝了口飲料，「賺到生活費就算了。我只想一直畫下去。」

「你也太瀟灑了。」

她眺望他背後玻璃窗外一片沒有盡頭的樹林。他換上古裝，就成爲闖蕩大江南北的大俠士。武俠小說作者絕少描寫他們因欠缺銀兩而要去打零工。

「凡事總有代價。所有事都是等價交換。妳擔心我嗎？」

「有一點。」她垂下頭，掩飾尷尬。

「擔心到不敢和我交往嗎？」

「會啊！」

「眞的嗎？」

「開玩笑的。」她趁機拉開話題，「你不是說要送我你的畫集嗎？」

「放心，我這次有帶來。」

他從背包裡取出一本像餐盤那樣大的精裝硬皮書，封面很奪目，是用水墨的方式畫出一棵像千手觀音的大樹。

她翻開書頁，裡面全以樹爲主題，有的形態像人，有的挺拔茂盛，有的枯朽光禿，形態各異。唯一相同之處，就是他的才情教她歎爲觀止。

「你很喜歡畫樹嗎？」她問。

他點頭，「嚴格來說，我畫的不是大樹，而是老樹。」

「有分別嗎？」

「有呀！以前農林廳給老樹定下條件，胸高直徑一點五公尺以上，樹齡超過一百年的特殊或區域代表樹種。」

「怎麼我沒聽過？」

「很可惜的是，由於精省作業，保護老樹計畫在八十七年時已告終。」

「連這也知道，你眞的很喜歡樹。」

「我喜歡老樹，遠超過動物。」

「可是沒有多少女生喜歡老樹，你不可能送一棵樹給人家！」

「誰說不可以？我教妳就是了。」

他對她展現信心滿滿的笑容後買單，書讓他放回背包裡。兩人沿著餐廳門口的小碎石路走進樹林。

她已很久很久沒在樹林裡散步，在這裡聽不到一點車聲，也沒有人聲。她喜歡看日本電視連續劇。女主角讓男主角帶進深山裡，看著鋪在地上的紅葉映入眼簾，以爲等待自己的是浪漫的談情說愛，豈料卻是難以參透的殺意。

這個長相斯文卻喜歡畫樹，有點怪怪的男人，體內會否也窩藏一頭惡魔？

她一個人走著走著，發現他竟然不在身邊。回過頭來，才發現他神祕兮兮地從後追上，兩手收在身後，故意不讓她看到。

「嘿！你這是什麼？」她的腳步向後倒退，聽到運動鞋踏碎樹葉的沙沙碎聲。

「我有些東西想給妳看。」他露出白得幾乎發亮的整齊牙齒。

「我才不要！」她喊道。

「爲什麼？」

「你手裡拿的是什麼？」

「妳終於發現了。」他瞇起眼，笑臉變得有點奸詐，「是用來對付妳的東西。」

她轉身準備逃跑時，他已一個箭步追了上來，擋在她的去路，讓她看他手上的東西。

一片乾枯的落葉，上面穿了幾個小孔，被他用食指和拇指夾著。

「妳怕的就是這個？」他問。

她搖頭，鬆了一口氣。

「拿來做書籤嗎？」

「妳只想到書籤。爲什麼不想遠一點的？」

「什麼叫遠一點？」

「就像，嗯，和落葉相反的。」

「那是……」她覺得他的話有點高深莫測，「什麼？」

「如果落葉是死，反過來是什麼？」他引導她去想。

「死的相反就是生，那是……」她心念一動，覺得自己應該猜中。「種樹嗎？」

「沒錯。我會和喜歡的女生一起去種樹，日後還可以看到那棵樹有多高，妳說多有意思？」

一個喜歡樹的男人，很怪沒錯。懂不懂浪漫，要拭目以待，但應該是個不錯的男人。

那天道別後，她開始評估這男人到底值不值得交往，他看來除了怪以外，沒有什麼大毛病。怪不見得是缺點，她的教師生涯實在太平淡如水，來個怪咖也許可好好調劑。

他住的不是大學宿舍，而是自己家裡。每天上下課都摩托車來回。下課後直接回家，沒有夜生活。

她天生就愛疑神疑鬼，小時候曾經懷疑聖誕老人是爸爸假扮的而裝睡，趁他潛進來時從衣櫃裡跳出來嚇得他當場尿褲子。這個讓媽媽恥笑了他們父女倆二十多年的故事，沒有讓她改掉自己的疑心病，反而讓她的疑心病成爲不治之症，幸好並不致命。

她決定去調查蕭大年的背景，再決定要不要和他認眞交往。

05

這天下課後，她偷偷去大學等他，離他機車十公尺的安全距離，還戴上了安全帽，教他認不出她來。

可是，她不知道他到底幾點下課，不知要等多久。天色從白變灰，從灰變黑。大樓的燈一顆顆亮起來。學生如潮水般一陣一陣地擁向校門。她的腿好瘦，他今天會不會很晚才走？

她也開始感到有點內急，她一向不擅長忍耐，強忍對身體很不好。

漫天飛舞的野鳥，一邊歸家一邊鳴叫，像在嘲笑痴痴守候的她。

幸好，在她快要放棄時，他的身影終於出現，向機車走過去。

她幾乎想別過臉，想到他根本不可能認出躲在安全帽後面的自己，便理直氣壯注視他。

他果然沒有留意自己，戴上安全帽，推出機車。

她不敢怠慢，也照樣推出自己的機車，跟在他後面，步伐一致，和他一樣走了一段路後，才騎上去。

轉眼間，剛才本來只有三、四台機車，不知怎樣一下像自我複製般變成十幾台。

——他在哪裡？

她不想一個多小時的等待成爲泡影，心急如焚，幾乎要罵髒話。幸好發現有個背影很像他，追了上去後，也幸好眞的是他。

他是個很穩重的人，機車騎得不快，否則根本追不上。

可是他的機車不是騎往他報稱是住家的方向，而是相反方向。

——他去什麼地方？

開始時，男人只會把最美好的一面呈現給女生看，等妳看到他不願給妳看的另一面時，已經成爲愛的砲灰。

所以，要趁上賊船前好好偷窺他的日常生活。

他的機車出乎意料地突然停下來。

——這裡是什麼地方？

她還沒有來得及探望四周，一個長髮披肩的女生已不知從哪裡冒出來，取出安全帽戴好，坐上他的機車後座。

她的安全帽樣式和他的一模一樣！

她剛摟著他的腰，機車已揚長而去。兩人親密得像一對要私奔的男女，即使把他們的手臂斬下來，一對放在北投，一對放在南投，那些手指恐怕也會像蜘蛛腳般爬行，讓四手相會，十指緊扣。

子靈妒火中燒，半晌後才踏下油門急起直追。即使無法拆散他們，也要狠罵這個臭男人欺騙自己的感情。

——不，這是他妹妹吧!?

她看著那載了一男一女的機車，拚命洗腦告訴自己他們只是兄妹。

兄妹

兄妹兄妹兄妹兄妹兄妹兄妹兄妹兄妹兄妹兄妹兄妹兄妹兄妹……

她一直對自己的初戀很有期待，沒想到最後還是一盤冷水淋下來，把她的熱情徹底澆熄。

這車停在一家飯店面前。

飯店

飯店飯店飯店飯店飯店飯店飯店飯店飯店飯店飯店飯店飯店飯店……

兩人把安全帽塞回座位底下後，一前一後走進去，也不避嫌，光明正大得像去度蜜月般。

——兄妹倆的感情再好，也不可能進飯店吧！

那女的高高瘦瘦，長髮披肩，樣貌太遠了看不清楚，從側面看來，鼻子很尖，下巴很彎，是男人喜歡的標準美女。子靈覺得，這等於沒有性格。

最教她火大的是姓蕭的。他一直說自己喜歡樹木喜歡藝術，好像很有深度和文化修養的樣子。可是，人家沒說過對正妹沒有興趣，更沒說過不會帶她們去開房間。

什麼和心愛的人一起種樹，看著樹苗長大變成參天大樹……原來全是謊言。

她不會再見這個人。她恨他，要把他盡快忘掉。不過，她想先把整座山頭上的樹一把火燒光。

她知道自己的烈女脾氣很要不得，深深吸了一口氣，希望可以冷靜下來。

吸，呼。吸，呼。用力地吞吐。

——算了，忘了這男人吧！

她準備戴上安全帽離去時，又想如果不去臭罵他一頓，不只對不起自己，還對不起和他一起的那個女子。說不定，這女的也被蒙在鼓中。

子靈身爲教師，一直自認是正義的朋友。激於義憤，連安全帽也沒放下，直接衝進飯店裡。

本來還打算略施小計去騙取他入住的房間號碼，沒想到他居然和服務台小姐打情罵俏，他身邊的女伴反而不見了。

這是什麼男人？一定是叫她上去洗乾淨後在床上等他！太扯了。人渣！

「靠，他媽的你這混蛋！」

這幾個字衝口而出時，不只勾起她國中時和同學下課後練習髒話的回憶，連她自己也嚇了一跳。

飯店裡所有人的視線似乎都被這句話吸引過來，他自然也不例外。

「妳怎會找到這裡來？」他很驚訝地問。

「想不到吧！要不是我跟在你後面，也沒想到你會來這種地方。」她把安全帽重重放在服務台上，發出響亮的聲音。

「對，我也想不到。」

「你當然不想我看到你帶女生來飯店。」她故意提高聲量。

「女生？」他的反應慢了半拍，堆出笑臉，像要掩飾尷尬，問：「有嗎？」

「就是那個長髮披肩、高高瘦瘦的女生，現在在上面等你吧！」

「那位——」服務台的小姐剛開始插話，就被他阻止。

「妳想怎樣？」蕭大年雙手交疊胸前，不客氣地問。

「我要來臭罵你，你這個感情騙子，嘴巴上說得好聽，其實是由老二指揮大腦！」子靈道。

「我沒想到妳長相清秀，嘴巴這麼髒耶！眞是人不可貌相，原來妳這麼兇。」

「對你這種人要客氣嗎!?」黃子靈雙手扠腰，擺出一副戰鬥的模樣。

幾個服務人員圍攏了過來。

「嗯，這位小姐，請問什麼事？」

子靈轉過頭，剛才那女的不知什麼時候已站在旁邊，臉上掛了笑容，也是堆出來的。

她有張漂亮的瓜子臉，配上長髮，淡掃蛾眉，幾乎就是素顏，但仍十分好看。

他會挑女人這方面，倒是一點沒錯。

「妳看來一副乖乖牌的樣子，怎麼會和男人來飯店？是援交嗎？」

子靈衝口而出。嗯，這種看來乖乖牌的女生，內裡不一定很乖很純，反而可能是觀音頭女魔腳那種狠角色。

「他是我哥。」那女的平和地說。

「什麼哥哥會和妹妹去飯店開房間？」子靈追問。

「我們不是來……那個。」那女的臉紅耳熱道。

「難道你們來開會嗎？」子靈揶揄道。

「算是吧。」蕭大年答。

「眞是屁話連篇！」

「這飯店是我家經營的。」蕭大年簡短回答。

「你這藉口比較有新意。」

子靈笑道，可是發現圍觀的員工都一臉正經時，她的臉終於垮了下來，嘴巴久久無法闔上去。

圍觀的人哈哈笑了起來。子靈覺得臉紅得像被火燙一樣，不只後悔亂說話，也後悔沒戴上安全帽。

06

飯店的咖啡廳裡，子靈和蕭大年坐在離街窗最遠的一張桌子。位子是她挑的。她已經無法阻止大家在心裡恥笑糗到不行的自己，現在只好希望不再被圍觀。她多希望可以時光倒流回到二十分鐘前，要是她追不上他的摩托車就不會有現在的窘態。凡事都有代價，不是追得上就好。

他親自給她倒了咖啡，給自己準備了奶茶，手腳非常勤快俐落。

她把視線落在粉紅色格子的桌布上，再抬起頭時，他正笑盈盈地注視自己。

「都怪你，沒講清楚。」她嬌嗔道。

「妳眞有個性呀！明明錯了還要怪我。」

「我就是這樣。」她說得理直氣壯。

「妳這輩子沒道過歉嗎？」

「哼！」她就以這麼一聲答話。

他也沒有多話，只是靜靜地把奶茶喝完，焦點有時落在她身上，有時在奶茶裡，有時飄到服務台……

……就是沒聚焦在她臉上。

她開始忐忑不安，害怕這個男人等下一聲不響站起來，從此不再和自己講一句話，只好先開口：

「你爲什麼不一開始就說自己家開飯店？」

「有什麼好說的？告訴了女生，她們會以爲我家很有錢，呼朋喚友來時可以打折，甚至享受免費自助餐和房間。」他頓了一頓，「我希望女生喜歡我，是因爲我本人，而不是我家的背景。」

她點頭。這一句話，讓她對他有更深刻的了解。

「所以，你也不願子承父業，對嗎？」

「沒錯。」

「難怪你可以心無罣礙去唸藝術，原來家裡這麼有錢。」

「也沒有多少錢，除了一家飯店就沒別的了。」

天，有一家飯店，其實已經很厲害了。她沒有回答，只想找別的話題。

這咖啡廳的設計好特別，木地板、木天花板，桌子是木製，牆身鋪木，連柱子也是做成樹身的樣子。

「這咖啡廳是你設計吧！」她說。

「當然，不然還會是誰？妳打開話匣子的本領很爛啊！」他取笑她。

「是嗎？」她不禁失笑，轉換口氣道：「以你的條件，爲什麼還要參加相親活動？你本身的條件已很優秀，長相斯文，很有才氣。」

他怔了一怔後才答：「表面是問，其實是拍馬屁。女人眞善變。」

「我是眞心發問的！」她既氣又好笑道。

「我自問條件不錯，不過，我身上像有一個詛咒。」他沒再說下去。

「快說快說，別故布懸念。」

「我要知道妳是眞心愛上我，我才能讓妳知道。」

子靈聽了，當下語塞，不知道怎樣回答。

她不是沒交過男友，但由於脾氣實在不小，那些男生往往看清楚她本色後不出五天內就會抱頭鼠竄，頭也不回離開。

只有眼前這個男人完全不怕她，剛才在服務台那邊明知她誤會了自己後，還以此來捉弄老娘。

也許，只有這種男人，才可以和自己相處，教自己心悅誠服。

她還沒有來得及回答前，他以一本正經的口吻說：「開玩笑而已。不過，接下來的，卻不是玩笑。我自十年前交過第一個女友起，至今交了兩個，兩個都沒有好下場。」

「什麼叫沒有好下場？她們被你甩掉嗎？」她笑問。

「不，她們都死了。」

「眞的假的？」她本來以為是開玩笑，開這種玩笑也未免太惡質了，但他的認眞表情一點也不假。

「全是眞事。如果妳問我的朋友，他們都會如實作答。如果妳問那些三姑六婆，她們還會繪聲繪影添鹽加醋，讓妳一輩子都不敢接近我，起碼保持十公尺的距離。」

「為什麼跟我說這些？」

「台南有多大？很多人都彼此認識，妳早晚會知道。與其妳聽人家在我背後說，倒不如我直接向妳坦白。」

她覺得這男人還眞是光明磊落，不過，等等——

「為什麼你說我早晚會知道？」

「這是因爲，我想和妳交往。」他開門見山道。

她沒料到他會突然表白，有點措手不及。

「如果你的前女友都遇到不幸，爲什麼還要找我？我答應的話豈不是找死？」

「也算是，但換個角度想，也許就是之前她們這樣，我才能等到妳。」

「這說法很病態耶！」

「但也不能排除這可能，說不定，如果妳是眞命天女的話，會一點事也沒有。」

07

即使兩個前女友像宿命似地遇到意外，蕭大年仍無法習慣，無法接受。

他沒想到子靈也會遇到交通意外，本來以爲以她這種脾氣，惡魔應該會滾遠點吧。

結識至今才兩年多，但愛情從來不是能以時間長短來下判斷。多年來，他最愛的女人就是她，兩人已到了談及婚嫁的階段。

醫院他不是沒來過，但每次來，心情都很慌亂，不管來多少遍，都會迷路，都要重新適應。

他問了三名護士才找到她的手術室所在。她人還沒有出來。她的家人沒有全員到齊，只有哥哥和妹妹趕到，以及其他幾位親戚。

另外，還有一個，卻不是她的家人，而是她朋友小莉。在那次聯誼裡認識，之後也見過好幾次，不過，聽子靈說小莉並不喜歡自己。

眼前的小莉淚流滿面，發現他後馬上發難。

「你這次又成功了吧！爲什麼你還要找女朋友？我已經叫她不要和你交往，可是她卻像被鬼迷般愛上你。」

她看起來幾乎想要甩自己一個耳光，神情近乎歇斯底里，他久久答不出話來，最後只能說：「我不知道怎樣向妳解釋。」

「你當然無法解釋！」

她的聲音響遍整條走廊，他不敢去留意有多少人在注視自己。

「我不想和妳吵！」他輕聲道。

「拜託，如果你爲她好的話，快滾遠點，別把衰氣帶給她。」

他不曉得怎樣反駁，發現子靈家人的目光裡毫無善意後，才不得不轉身離開。

剛才發簡訊通知他來的子靈妹妹子美，眼裡含著一泡淚，一句話也沒說。

「別再結識女生吧！你這害人精！」

這句話出於子靈家不知哪個親戚的嘴巴，像一支箭從背後偷襲，筆直地插進他心裡。他不敢回頭，只能頂著其他人的目光，低頭默默前進。

08

子靈被推出來時仍然昏迷，醫師說她從車摔下來後頭腦撞到馬路邊，引起腦震盪。

至於怎樣摔下來，警方轉述目擊者的話：「看不到當時有什麼異樣，只慶幸剛好附近沒有其他車經過。」

雖然沒有證據，但小莉還是希望媒體可以把這件事推上新聞檯面，好教大家知道和蕭大年交往會有怎樣的下場，可惜這幾天剛好有個已婚立委被發現和女主播去開房間，相關新聞搶盡各大媒體的版面，蕭大年才又逃過大難。

09

子靈媽媽去廟宇拜拜，拖了黃爸爸和妹妹一起去。

「要不要一起來？」她發簡訊問小莉。

「我想去，不過，實在擠不出時間。我也是教國文的，現在要和其他老師一起合力填補子靈的空缺。」小莉答。在這個省錢至上的時代，學校並不打算找兼職短期教師幫忙。

10

這天小莉下了課後，特地趁天還沒變黑時摸門牌去拜會高人。

他不喜歡出鋒頭，不打廣告，也不願接受媒體訪問，行銷一直靠口耳相傳，就像拉保險那樣。

她對高人所知不多，不知道他的長相，年紀或者其他什麼的。

性別倒很清楚，是個男的。

高人姓巫，很冷僻的一個姓。除了名人和明星外，她沒認識過一個姓巫的朋友，只記得在《山海經》裡提過靈山十巫。

她要找的高人當然不是那十巫，但聽說他有個本領，可以把警方翻遍全台南都找不到的失蹤兒童、老人和通緝犯等，從大街小巷的角落裡找出來。

子靈不是失蹤，然而，小莉認爲，子靈之所以無法醒過來，也許就像小學時班導說的，魂魄去了五湖四海，不懂得怎樣返回軀殼裡，所以也算是失蹤的一種，高人大概也幫得上忙。雖然班導當時指的是上課睡覺的同學，但道理相同。

抄來的地址，位於一家水果店旁邊的小巷裡。只是，她萬萬沒想到巷口有兩隻貓，一左一右，一黑一白，既像黑白無常，也像門神般守在門口。兩雙眼睛很有威嚴地注視她。

她可沒理牠們。不過是貓而已，又不是紋了身的黑道人物。

良禽擇木而棲，賢臣擇主而事。餓貓近水果店而居，一點也不奇怪。

一名穿戴端莊的老婦人站在水果店裡買果汁，店員找錢時，她一時抓不穩，掉了幾個銅板下來。其中一個滾啊滾竟然滾向小莉，直至碰到她的黑色包頭淑女鞋後才打平躺在地上。

小莉二話不說，馬上撿起硬幣，走到老婦人跟前，好好放在她掌心裡。

「謝謝！」老婦人點頭致意。

小莉笑著表示不用客氣後，走進巷子裡。沿途見到黑貓、白貓、虎斑貓……愈來愈多。這條小巷自成一角，就像猴硐貓村般成爲貓的領土。那些貓三步一崗五步一哨地守著，對她細細打量。

幸好是貓，換了男人的話，她脾氣好時還可以接受注目禮，壞的話簡直想把他們的眼珠挖出來！

最後她找到要找的那間老宅，也不容她找不到。這老宅的門口、窗口、屋頂，還有門口的桌子上下，都坐了大大小小的貓，少說也有二十來隻。

名片上說是貓舍，果然名不虛傳。

幾隻貓見到她，急急返回室內，不像是害怕，反而像是通風報訊。

其他貓繼續留在原位，並沒有像巷裡的同類盯緊她，而是繼續睡覺，不當是一回事。

老宅是日式舊建築，少說也有六十年以上歷史。奇怪的是，她在台南住了這麼久，居然沒聽說過。照理說，這當不了國定古蹟，起碼能算上市定古蹟。幸好不是在台北，否則早晚會起火。

爲什麼奇人異士就愛蟄居在這種怪怪的地方？養這麼多貓幹嘛？這裡很多老鼠嗎？

一念及此，她馬上留意周圍看有沒有鼠跡。

——開玩笑，老鼠才不敢接近群貓聚居的地方！

房子的大門打了開來，小莉站在門口看。裡面有點暗，沒有開燈，像欠了半年電費沒繳的樣子。十來隻貓懶洋洋地睡覺。幾隻睜大眼睛看了她一眼後，又闔上去。

樓上不知道是什麼神祕地帶，即使是大白天，卻像洞穴一片漆黑。

她不知道該不該走進去，只好仔細打量這房子內的動靜，除了貓多，她還發現很多書和影碟，不只堆疊成牆，還和書架配搭起來成爲裝飾，變成這個家不可分割的部分。要是沒有了這一切，房子就變得空空如也。

影碟有多少片她無法判斷，書的數量較容易推算。她在學校裡幫忙做圖書採購，以她的專業眼光，看得出這些書即使是大大小小雜亂無章地排列，少說也有一千本。

就在她準備走近書架細看時，樓梯就咿呀作響，一個男生從樓梯走下來。他身材頎長，長得秀氣，不只擁有一雙貓眼，連神態都像貓。如果要找這貓屋的主人，實在不做他人之選。

「請問妳是？」他問。

他說話很斯文。這種類型的男生正合她心意，不過，有一點很不妙：他好像還是大學生，比她年輕至少三、四歲。有些女生不排斥姊弟戀，可是她只鍾情熟男。

「我來找巫眞先生。」她說。

「我就是了。」

他步出樓梯，站在她面前，比她高出整整一個頭。

「可是……你看來好年輕。」

「我的本領和年齡無關。」他正色道：「我本來打算隨便打發妳，但妳剛才幫了老婆婆，所以我願意聽妳好好說。」

「你怎知道我剛才幫了老婆婆？你偷看嗎？」

「我整天足不出戶，哪能偷看？」

「你有監視器。」

「水果店當然有監視器，不過，與我無關。」

「你怎會知道？」

「我自有我的方法。既然妳來找我，自然知道我不是簡單人物。」

「我只是道聽塗說。」

「什麼？」

「別怪我坦白，大家都只是知道你很怪，好像有點本領，我才來碰運氣。先聲明，要是你沒本領的話，我一毛錢也不會出。」

他彎下身，向纏在腳邊的貓唸了咒語後道：「妳幫老婆婆撿的，是個五十元台幣，對吧！」

「是五十元沒錯。反正硬幣也沒有多少種，你要猜到也不難。你想騙我說你懂得和貓交談嗎？」

「我確實可以和貓交談。」

「騙鬼！誰能證明？」

他呼喚另一隻貓過來，又耳語了一陣後道：「妳的機車是粉紅色的。」

「沒錯，可是監視器能看到，你可以叫貓告訴你車牌嗎？」她堅持自己的立場。

「貓不會辨認數字。」

「那貓又怎會知道是五十元？」

「五十元剛好是新台幣直徑最大的硬幣，很容易認出來。」

「眞會自圓其說。」

「妳不信的話，那我只好用最後一招了。」

他向貓低語後，那貓像領命似地點頭，向她慢慢走過來，她不禁向後退。

「你這是什麼意思？」

「妳有一個地方，是監視器看不到，只有在貓那麼矮的位置才可以看到。」他雙手合十，「多多得罪了！」

她一時還捉摸不到他指什麼地方，不過很快想到自己是穿裙子，馬上就退後了幾步。

「夠了夠了！我暫且相信你。」她突然福至心靈想到什麼，「等等，貓不是色盲嗎？」

「沒錯，家貓分辨顏色的能力有限，但經過訓練後就能做到。我這些朋友現在全是貓界裡的愛因斯坦，大腦開發程度超過一般的貓兩倍以上。」

「好，我相信你懂貓語，可是，我不怎麼認爲你有很大的本領。」

「我不會飛天遁地，不會飛簷走壁。不過，台南有多少貓，我就有多少幫手。」

他自信滿滿道。

11

巫眞聽了這女子講的故事後，目送她的背影離開巷子，暗自搖頭。不會不會，不可能是這個人。

今天早上他去廟宇拜拜，和金婆婆擦身而過時，被她叫住。

金婆婆是廟裡最厲害的算命高手，但沒有多少人發現。

他彎下身來，豎起耳朵，期待她給自己一點啓示。

「你呀！好事近啊！」

「什麼好事？」他聽到這「好」字，便暗自高興。

「你不是想交女友嗎？現在要走桃花運了。」

「怎麼不早說？我一點準備也沒有。」

「怪你自己不多來找我。唉，早來也沒有，我發現你的桃花運是橫空出世，並不在你本來的命格中。」

「是什麼意思？」

「意思就是說，這個女生是上門來找你的，不在你意料之中。」

「有這麼好的事，女生自己摸上門來。」他不禁發笑，「是什麼時候？」

「應該就在這幾天。」

「這麼快？我還沒有心理準備！」

「別高興得太早，這桃花不是無償的。你會因此遇上一劫，失去一樣你很寶貴的東西。」

「這麼說來，是桃花劫，不是桃花運了。」

「我無法肯定。」

他想起風水上有破財擋災，甚至捐血可以避過血光之災的說法。

「等等，是不是只要我失去一樣寶貴的東西，就可避過劫難？」

「沒錯。」

「處男之身對我來說很寶貴，算不算？」

金婆婆臉色一沉，「別開玩笑，那一點也不寶貴！」

「對對對。」

他連聲應道，以免惹怒金婆婆。她的價值觀肯定和自己的不一樣，不能相提並論。他不敢告訴金婆婆，即使處男之身一點也不寶貴，他也想盡快失去，就算被人偷去也不介意。

「總之你小心便是。」這是金婆婆最後的忠告。

他道謝後，從背包裡取出貓糧，拿給金婆婆吃。她是台南獨一無二能憑直覺看出人運勢的貓，雖然無法排出命盤，但足以讓他心存敬意。

難道這個叫彭小莉的女生就是金婆婆說的那名女子？她雖然長得漂亮端莊，可惜，或者可怕的是太有教師的威嚴，看來比他大上好幾歲。他可不是御姊控。

他心目中的理想女友，除了臉蛋漂亮，還要性格溫柔，有幽默感，喜歡看書和電影，會做菜……最後有一項特別要求：最好和他一樣是身懷異能的同類，實在可遇不可求。

難道，這小莉口中那個昏睡的好友，才是他要找的人？

12

巫眞跟蹤了蕭大年三天以來，發現對方的生活規律得不得了。每天早上八點半就從飯店出門，騎機車回去學校，抵達藝術研究所。

蕭大年的打扮非常瀟脫，一身都是灰白色的麻質套裝，以藝術家來說，打扮算是不俗。巫眞見過剃光頭的、戴藝術家圓帽的、過肩長髮的、身披白袍染了油彩的……等形形色色的男人很招搖地從同一道大門進進出出。

要不是有不少狗在這校園裡巡邏，還在主要路口四腳朝天撒嬌討食物，巫眞可以找到些野貓來代替自己盯梢。幸好附近有家小吃店，還有椅子，可讓自己一邊守候一邊滑手機。

據小莉說，加上大學系所網站上的資料，蕭大年除了是博士生，還是什麼創意中心的助理。後者的工作內容很抽象，看來是大學爲他特別而設的職位，好讓他不用擔任講師，也不用做什麼具體的工作就可以領薪水。

蕭大年中午十二點半會去學校餐廳吃飯，在校園散步一陣後，看看那些樹，摸一摸樹幹，像談情時撫摸情人的纖纖玉手般，再準時一點半返回研究所。直到下午五點至六點時，才騎機車返回飯店。

巫眞以前經過這家飯店時從來沒有特別留意，只覺得是台南街上的一秒風景：開車經過的話，只會在眼前出現一秒左右。沒想到有一天會和自己扯上關聯。

如今他會特意從飯店餐廳的窗口窺看蕭大年的妹妹。她換上制服，束馬尾，在咖啡廳裡招呼客人。那雙長腿實在不賴，是整天調查工作裡唯一的亮點，也看得出很多男客人都是爲此捧場，從國中生宅宅到中年宅宅大小通吃。

巫眞覺得，除非這位不是蕭大年的親妹，兩人眞有什麼不可告人的私情，才會有情殺的可能；可是，看到他們兄妹倆神似的外貌，巫眞馬上排除這可能。

13.

「我始終不明白他害慘妳的朋友有什麼好處，還沒結婚，他一毛錢也拿不到。」巫眞一邊說，一邊重播偷拍的影片。他跟蹤了蕭大年整整三天，一無所獲。

三天是他設下的期限，無論要不要跟蹤下去，他都要和小莉見面，討論下一步的作戰方案。

「他殺掉子靈的話，也許私底下可拿到什麼好處。」小莉回答。

「那會是什麼？」

「我哪曉得？」小莉一臉茫然。

「這簡直是『莫須有』！要是明天再也沒有動靜，我就不再玩下去。」

「他一連三個女友都遇上不測，你忘了嗎？」

「我沒忘記，可是，妳眞的確定要繼續調查下去？我不是免費的。」

「你可以爲正義而不收我錢嗎？」小莉睜大眼睛問他。

巫眞不想爲了一些其實微不足道或沒有結果的事浪費時間。畢竟，世上還有比錢更重要，是連錢也買不到的寶貴資源。

「不談錢的話，那換成時間吧！我坐在這裡陪妳發呆，一無所獲。要是在家的話，三天下來，起碼可以看五部電影。」

「哪有三天就找到結果的？我們也許要等很久才能等他露出破綻。」

「時間寶貴。」巫眞不得不強調這一點，「我只會再等一天。要是沒有結果，馬上拉倒。」

他沒讓她知道的是，如果她是他喜歡的類型，他願意再幫她幾天，甚至免費。

可惜她不是。

14

蕭大年剛回到學校，就接到子靈妹妹子美的簡訊。

「姊姊已經移到加護病房裡，仍然昏迷不醒。」

「我可以去看她嗎？」他馬上問。

「不行，我媽不想你出現。」

「妳姊聽到我聲音，也許對她有幫助。」

「我媽最怕你把衰氣帶給她。」

他知道她家人就會這樣說。

「什麼時候換妳值班守門口？我過去。」

「別亂來，家裡只有我不反對姊姊跟你來往。」

她沒有多說，但已足以讓他知道她不受家人信任，也不會有機會守門口。

經歷了多次意外，他都會想起「明天會更好」這句話。不過，一次又一次，一天又一天，他的生活仍然無法如常，就像失去重心。

以前他離開學校後，會去子靈的學校接她下課，和她的學生打招呼，害他現在會不知不覺把車往學校的方向騎，等發現不對頭時，才騎回家裡。

她的學生會不會認爲她的意外和自己有關聯？他做事一向會做最壞打算。一連三個女友都遭遇不測，連他自己也不得不相信自己確會給她們帶來厄運。

如果他的人生要得到幸福，一定要擺脫這些厄運。他不知道可以怎樣解決，也毫無頭緒。這件事在這幾天裡侵蝕和佔據了他的思緒。

他沒有料到幾天來，有個影子亦步亦趨跟在自己身後：一雙隱身在粗框黑眼鏡後的眼睛一直在監視自己。

15

巫眞等到五點半時，看見蕭大年終於離開研究所門口，一如往常騎上機車，不同的是，機車並沒有拐進飯店所在的街道裡。

這違反了他幾天來的規律。天色已黑，百鳥歸巢，蕭大年不歸家要去哪裡？

他傳簡訊給小莉報告異狀。

「他的機車剛離開市區，好像往安平的方向。」

「安平？他約了朋友嗎？」

「不知道，但肯定不會摸黑去攻打熱蘭遮城。」

「我剛回家，現在馬上過去，你等我。」

蕭大年的機車果然是往安平方向，經過億載金城，繞了好遠，最後終於停在德記洋行外，旁邊有個看來是國姓爺的雕像。

他放好機車後，不是去安平老街的方向，而是踱步往德記洋行。

巫眞跟著下車，明目張膽跟在蕭大年後面，心想蕭大年不認識自己，而且這裡晚上不是一個人也沒有。三三兩兩的小團體，或遛狗，或散步，或談情說愛。

巫眞沒仔細打量其他人，他的心思全放在蕭大年身上。來到這裡，終於隱隱覺得蕭大年有點不妥，有些與常人不同的地方。

安平樹屋和相連的德記洋行的開放時間早就過了，即使站在入口處也無法看到樹屋。它在另一幢建築物後面。然而，蕭大年像有透視眼般站在門口，注視欄後的風景，眼裡更有怨恨的目光。

欄後面有什麼？巫眞隔著鐵欄偷窺後面，裡面一個人也沒有。

蕭大年到底在注視什麼？他那種目光，不是單憑想像能成形的。他一定具體目睹了什麼教他咬牙切齒的東西，才生出這種充滿恨意甚至怨毒的目光。

有些人能看到平常人看不到的東西。巫眞雖然也有異能，卻是在別的地方。他能感受人身上的氣場，那很難說明到底是啥。據師父說，他天生就有氣場，但師父還來不及告訴他氣場的用途就離開了。

蕭大年身上沒有氣場。他只是個普通人，不過，有了那種眼光，巫眞就覺得蕭大年一點也不簡單，藏著什麼東西在騙大家。

巫眞相信自己的直覺，覺得和女人不相上下。他終於認同了小莉的想法，教他不查下去也不可能。

一隻白頭黑身的貓經過時，巫眞彎下身來，用手逗弄。

「請問，你見過前面那個男人嗎？」

巫眞吐出貓語時，那貓嚇了一跳，伸出的貓爪馬上縮回。

「原來你就是那個貓語人。」

巫眞第一次聽到這綽號，「沒錯。你見過那人嗎？」

「是在樹屋前那個嗎？」白頭貓用尾巴指過去。

「對，沒錯。」

「我不常在這一帶蹓躂。」

貓愛獨來獨往，個性像藝術家。

「你可以幫我問問嗎？日後你有需要的話，我可以出手相助。」他擺下低姿勢，好讓貓願意幫忙。這和應付狗的策略很不一樣。

「好，我幫你問其他貓。」

那貓跑開，比起剛才一副無精打采的樣子，現在可算是精神奕奕，大概貓和人一樣，有了工作、有了目標作精神寄託，也會提起精神來。

貓呼朋喚友，一隻叫一隻，很快就聚集了十幾隻貓在交頭接耳，教巫貞驚喜不已，但最後向巫貞走過來的，只有四隻。

蕭大年朝這邊望了一眼，但沒有在意，其他人見了，也沒有表示什麼，大概以爲巫貞只是來餵流浪貓。要是他們認眞留意，會發現巫貞手上根本空空如也。

「這人我之前見過。」其中一隻灰貓一邊望著蕭大年，一邊說。

「什麼時候？」巫貞問。

「兩個月前吧！還是三個月前？我忘了，不過，我肯定他來過。」

「你怎肯定是他？」

「他好怪。上次和現在一樣，都是站在鐵欄後，對那樹唸唸有詞。這樹又不是後面那棵老樹。」

那貓用前足指向安平老街那邊。巫貞記得那邊有棵老樹上面綁了很多紅布條，被當成是神仙來拜。

這時小莉打電話來，問：「你在哪裡？」

「安平樹屋外面。」

「好，我馬上過去。」

「妳在哪裡？」

「我剛換了衣服，現在出門。」

巫眞看手錶，這時和剛才他向小莉通風報訊時，已經相隔了大半小時。他剛才叫她盡快出門，看來，她已經盡了全力。

「算了吧！我看蕭大年快離開了。」

「眞的不用去嗎？」小莉的話聽來像如釋重負。

巫眞把剛才群貓回報的事告訴她。

「這樣說來，你的耳目遍布整個台灣啊！」她讚歎道。

「聽起來是沒錯，但貓也有去不到的地方，而且牠們都是獨行俠，只記得自己的事，很少會記得前貓的事，所以問不出幾十年前發生的事，也有很多其他限制。」

巫眞一邊說，一邊發現一股很微弱的氣逼近。微弱，不代表對方的氣場不大，只表示對方在很遠的地方。

他循氣場的來源望過去，在遠處西門小學那邊有一個高瘦的白衣女子正向自己飄過來。不，是走過來。

「有事，不說了。」巫眞匆匆掛斷。

他走前了幾步，想看清楚那女的是什麼長相，可惜太遠看不清容貌，但好像長得不錯。這情況就像在網路上看到美女圖般，小張的圖看不清楚，所以大部分都是美女，等放大了後才發現美女只是自己一廂情願的想像，是由幻想力填補出來的。

蕭大年沒有與這女子交換眼神，他們似乎不相識。可是巫眞隱隱覺得這女子絕不是簡單人物。她一個人來幹什麼？散步？或者約了蕭大年，不過見自己跟蹤他，所以才不敢和他會合？

巫眞又俯身問群貓：「那女的你們有見過沒有？」

幾隻貓的顏色都不一樣，但同時把頭轉過去，一致的動作非常逗趣。

「那女的我見過。」「我也見過。」「這幾天好像每晚都在這一帶徘徊。」眾貓七嘴八舌地道。

「她來做什麼？」巫眞問。

「到處走，有時和那男人一樣，直直地注視裡面。」其中一貓答。

「他們有交談嗎？」他問。

群貓還沒來得及回答，突然像觸電般四散，逃向不同的地方。巫眞不明所以，抬頭發現那女的已一步步逼近，望向自己。她眼裡不像蕭大年般帶著怨毒，而是殺意。

貓比人類敏銳的地方，除了聽力，還有對殺意的敏感度，和三十六計走爲上策。

這女的果然不是等閒人物。巫眞尋思。他實在很想走過去和那女的講句話好摸清楚她的底細，不過，她氣場遠在自己之上，也不懷好意。

他以前也碰過一些有氣場的人，可惜，往往是自己和對方一個在路上，一個在車上。車開走後，彼此就再也沒有交集，也沒再碰過面。

和同類的面對面接觸，沒想到第一次來的就是氣場這麼大的，底細也不清楚。

要是師父在身邊的話，也許可給自己一點意見，可是老人家說要離開後，就雲遊四海不知去向，連手機號碼也沒有留下來，無法聯絡。

他老人家說過，有些同類心懷不軌，能夠把別人的氣全部吸走，據爲己有。

巫眞自忖他的氣場和說貓語的能力雖不是什麼驚天動地的本領，或者可以讓他名成利就，但仍然不想失去。變成一個普通不過的人、再也無法和貓咪聊天的困境，常常讓他從夢中驚醒過來。

——蕭大年是怎樣找到這樣一個高手來助陣？

不，蕭大年似乎沒有留意到這女子，和她也沒有眼神接觸，只是好像隱約發現身邊有些殺機甚至會有凶案發生，剛好決定撤退，返回自己的機車上。

巫眞沒理那女的，只管追隨蕭大年的腳步，幾乎和他同時發動機車。外人看來，他們就像是同一夥飆車族。

巫眞慶幸蕭大年似乎沒有發現自己跟在後面，從照後鏡裡看，也慶幸白衣女子沒有追上來，但她的身影在他腦海裡仍然揮之不去。她的殺意固然教他害怕，但她的神祕對他也有莫名的吸引力。他想起那些雄性的黑寡婦蜘蛛，即使知道在交配後會被雌性殺掉，也會樂於上前。

他覺得自己想得太一廂情願，對方根本沒打算要和自己交配！

16

蕭大年把車停好，把安全帽塞回座位下後，返回飯店裡。

巫眞目送蕭大年的身影消失，覺得今天的工作應該到此爲止，可是心裡還有很多疑問：

蕭大年去樹屋到底是看什麼？

他的目光爲什麼含有怨恨？

剛才的神祕女子又是什麼來頭？

她和他有什麼關係？

就在巫眞準備離開時，又發現白衣女子的氣場。他也能從後視鏡裡看到她的身影。她的機車就停在不遠的後方，不容他看不見。他當然看不清楚她躲在安全帽後面的臉，幸好那件白色外套本身就可供辨認。

他不曉得她是什麼時候跟在後面，她不可能因爲對自己一見鍾情而跟上來。她不像和蕭大年是同一夥，那到底是什麼人？

他心跳開始加速，對她的恐懼壓過好感，急急發動機車離開。

後視鏡裡的她，如狗仔隊般形影相隨跟在後面。其實他不用看，已能感受到她的氣場一直追著自己。看來她用行動表示，他今晚不論去到什麼地方，她也會如藥膏般緊緊貼在他後面。

他決定不加快車速，不把她這塊藥膏撕下來，而是要看清楚這藥膏裡到底有什麼。

他故意把車騎得很慢，深怕她追不上。

最後，回到自家所在的巷口。

坐鎮的黑白無常仍然緊守崗位，兩對冷眼睥睨街上眾生。

總統會A錢，政客會有醜聞，還是自家的貓最值得信賴。

與其去一個陌生的地方和她交手，不如回自己巢穴，好歹還有主場之利。

她果然很快追上來，把機車停在對街，讓他感受到她強大的氣場。在近距離，她要是沒有戴上安全帽，就可讓他一睹芳容。

他下車時，她也下車。

他走進巷裡時，她正小心過馬路，左顧右盼，顯然怕被車撞死。

可見她擁有血肉之軀。

不過，黑白無常突然離開崗位，奔進巷裡，就像剛才四散的貓般。這很不尋常，黑白無常不是一般的貓，在他養的貓裡，算是勇猛果敢之輩。這情況就像要逃進寺廟裡避難，卻發現如來佛祖從壇上逃走般。

其他在巷裡站崗兼睡覺的貓，也紛紛奔進屋裡，像要衝進百貨公司搶購特價品的歐巴桑。

他媽的！貓就是這樣，遠遠比不上狗般來得講義氣！

他穿過冷冷清清的巷子準備踏進家門口時，發現裡面一隻貓也沒有。不，幾隻一向貪睡的大懶貓，正挪動超胖的身子，屁滾尿流地衝上二樓，樓梯咚咚作響，狼狽非常。

嗯，這屁滾尿流只是比喻，並不是真的。他喜歡貓，但和群貓約法三章，誰弄髒家裡到處大小便的話，其他貓在三天內都不能和牠交談，或有身體上的接觸。

如今大敵當前，他沒心情去管家裡的貓。回頭一看，白衣女子正步入巷裡。氣場比自己強大不知多少倍，簡直到飛花摘葉皆可傷人的境界。

他開燈後，打開茶櫃，想沏壺茶出來，希望可以與她心平氣和好好坐下來，但不知道應該泡高山烏龍還是龍井還是金萱？她會喜歡哪一種？

就在他猶豫不決時，一股香氣已向他襲來。他回過身來，她已站在大門口。

在半昏黃的燈光下，她齊耳短髮下的容貌終於可讓他看個清楚：眼耳口鼻俱在，在鵝蛋臉上搭配得很漂亮。雙眼很迷人，但瞳仁裡隱含固執，像要昭示天下這個二十歲出頭的女生脾氣不太好。一雙尖尖的耳朵顯露出她的魔鬼本性，像要把獵物好好凌虐十個小時後才在頸上劃最後一刀。

他希望自己的直覺是錯的，但一直以來都落空。

兩人一開始四目相交，他就說出開場白：「萬事好商量。要喝什麼茶？放心，我不會下毒。」

「我相信你。你只是小咖。」她的聲音一點也不嬌滴滴，顯出硬朗的個性。

她的腳並沒有跨過門檻，彷彿和陌生男子要保持適當的社交距離。

巫眞幫過老百姓和警方很多次，即使只是寄匿名信，媒體都對他讚譽有加。他隱隱看見他們對他頂禮膜拜，即使台南市長出巡，也不會如此威風。

「妳怎會覺得我是小咖？」

她沒答，反問：「你知道你跟蹤的男人剛才在注視什麼嗎？」

「我不知道。」他簡短回答，現在確定她不是蕭大年的同路人。

「所以你只是小咖。」

他不喜歡她老是說他是小咖，「難道妳又知道他在注視什麼？」

「他在看樹屋裡的樹。」

「不奇怪，那些樹很奇怪。他很喜歡樹。」

「你果然是小咖。」她失笑。

小咖小咖！他這輩子從來沒被人這樣叫過。沒想到第一個這樣說的竟是個正妹。他在思考怎樣才可以讓她對自己心悅誠服。

「難道妳知道？」他要刺探敵情。

「別連用『難道』兩次，我確是知道。他想注視的不是一般的樹，而是一棵成精變妖的妖樹。」

「成樹妖？不可能吧！妖有妖氣，我不可能感受不到。」他解釋道。

她冷笑好幾聲，笑聲在巷子迴盪，很是駭人。他感到一陣冰冷從腳底竄上來。

「小咖，樹若成妖，有本事的話，可讓妖氣全部從根部排去。樹屋旁邊有水，可把氣打進水裡，神不知鬼不覺。」

難怪她笑自己是小咖，原來道理就是這麼顯淺。如果不是她說，他一輩子也不會知道。師父因行跡匆匆，來不及教自己。

「妳怎會知道？」

「再隱密的妖精，都難免百密一疏。一個星期前，我感到安平一帶有團妖氣聚集，便趕了過來，這幾晚都在打探看有什麼異動。今晚才發現你跟蹤的男人，和你。我從男人眼神裡看出他和那妖樹有千絲萬縷的恩怨情仇，在你眼裡看到的是不知天高地厚。」

「天啊！妳眞會看扁人。難道妳就能把那樹砍下來？」

「砍不砍下來，我稍後才再決定，不過，這事絕不是你可以處理。你收手吧！」

「我還沒出招就被人勸退，妳是第一個。」他說。

「如果你不收手的話，我會是最後一個。」

沒想到這正妹嘴上不饒人。他一時間還不知道怎樣回招，只好先給緊繃的氣氛降火：「我叫巫眞，請問小姐貴姓大名。」

「我們不會再見面，你不用知道。」她說罷便轉身離開。

他沒追到屋外，不想目送她的倩影遠去。

她看來很溫柔，但沒想到骨子裡卻是個狠角色，教他不知如何對付。他好不容易找到一個身懷絕技的正妹，不料她居然對自己沒有興趣，教他好不失落。

沒想到門外突然傳來一陣女子的尖叫聲。是她的聲音。

他當即衝出門外，幾隻大膽的貓也跟著奔出來，當然不是像平日般搶在他前面一貓當先，而是跟在他身後。

那女子趴在地上，像被暗箭射中倒在地上，動也不動。

「小姐，發生什麼事？」他伸出手，要把她扶起來。

「別碰我！」她仍不客氣。

本來她的事與己無關，不過，她不是真的沒事。他感到她已變得不一樣。

「妳的氣場完全消失掉了。」他說。

「我只是把氣場關掉。」

「妳也把臉變得沒有血色嗎？」

「少管閒事！」

「我送妳去醫院。」

「不要。我很快就沒事。」

她用手撐起身子時竟不支倒地，幸好他眼明手快，把她扶著。

她應該很想拒絕，但已昏倒過去，失去知覺。

幸好呼吸還算暢順，看來不像有生命危險。

在私心驅使下，他認爲可以把她留在家裡。送她到醫院去的話，他連她的名字也說不出來。

他以前和女生沒有什麼近距離的接觸，這算是第一次。感謝上天她不太重，大概不到五十公斤，要把她搬到樓上不怎麼吃力。

本來臥坐在樓梯上的貓群，紛紛讓出一條路來。樓梯的木地板嘎嘎作響。他好怕樓梯會不勝負荷斷掉。她大概會很討厭和他死在一塊。

她好像愈來愈重，他也走得驚心動魄，深怕手一鬆，佳人就會從樓梯滾下去，死在自己手上。

把她安放在床上後，他終於鬆了一口氣。

近距離看這女生，即使臉上有點小雀斑，還是滿漂亮。

他從沒讓一個女子躺在自己床上。聽說有些男人不會讓女生白白躺在自己床上，是謂「凡來過必留下痕跡」。

而他，只想多了解她。她的氣從何來？有什麼異能？認不認識其他同類？

他心念一動，想起金婆婆的話。難道這女子就是他要找的人？

他一直想和身懷異能的同類爲友。如果是正妹，能進一步交往的話，他並不排斥。

這女生看來吃軟不吃硬，發起脾氣來的話，他絕對沒有好下場。唯一攻陷芳心的方法，就是攻心爲上，希望她醒後發現自己並沒有趁機佔她便宜而大受感動。

當下他想到的，還有另一樣。

她還沒有脫鞋。

他自小就有潔癖，所以不喜歡狗，嫌髒。貓愛乾淨，自己會處理大小便和洗澡，最合心意。即使如此，他還是無法接受貓偷偷和他同床共寢。要是有貓犯規，會被他毫不留情攆出屋外，一星期不能進來，即使其他貓求情也沒用。

她的白色外套衣服和裙子看來不髒，重點是那雙平底鞋，沾了不少泥巴。他要把它們脫下來。即使是正妹，也不可弄髒他的床。

他坐在床邊，伸手去解鞋帶。可是那個結無法一拉即脫，害他花了點時間去解，期間她不知怎地還踢了他兩腳。

她看來不像有知覺，只好相信他手臂和胸口的痛，分別代表她的無意和他的不幸。

她的白色小襪看來還很乾淨，甚至有點性感。

他好想脫下這小襪，一睹她的腳掌。

他心念又動，想起金婆婆又說，他的桃花運也會給他帶來劫數，教他失去很重要的東西。

那會是什麼？

要是這麼一個耳尖的女子以身相許，說不定其實是什麼邪門的採陽補陰，教他元氣大傷。

他馬上站起身來，不敢再接近她。他把視線轉移到她那個酒紅色小背包。看不出是什麼牌子，看來也不像是什麼名牌包包——反正他也不懂——卻出乎想像地重，彷彿裡面藏了半打伸縮型的兵器。

她的證件在裡面。她堅決不告訴他名字，如今他大可在沒有阻擋的情況下自己查個究竟。

他盯著這包包，開口不過用相襯的紅繩束了起來，一點難度也沒有，看來也不像未經主人同意開啓下會有什麼武器射出來或者釋放出妖魔。

這背包是通往她身世背景的鑰匙。

不過，他最後還是按捺自己的好奇心，步出房間。

17

蕭大年回到飯店，和在服務台的員工打了招呼後，乘電梯往頂層。

除了總統套房以外，他的家人也住在這一層。

他的家在左手邊靠近盡頭的一間，和父母爲鄰，有三房二衛，約三十坪，是他的住家兼工作室。

他在每個房間裡都養了些小小的室內植物，爲視覺空間增添一點綠色。

這個本來完全屬於他的小宇宙，在他和子靈交往後，就一坪坪被改旗易幟，好容納她的世界。她有時會在這裡過夜，所以也添了一個衣櫃和化妝台。

「讓我入侵你的生活，總好過讓蟑螂來，對不對？」她笑道。

她把這裡重新安排和整理。牆上本來掛的全是他的畫作，如今有一半下了架，用他們的合照取而代之。幾個月前他們準備結婚時，便去清境旅行拍下了大量照片。

她一直用軟體修改圖片，加效果。有些效果太幼稚，她實在不好意思叫攝影公司做後製。她覺得老師要有自己的專業形象。他笑她童心未泯。

這裡本來還打算狠狠裝修一遍，好成爲兩口子的安樂窩，如今很有可能化爲泡影。

雖然她一息尚存，但她能否再回來和他在餐桌上一邊吃飯一邊說笑？

這房間已變得平靜，像人去樓空，即使所有角落都有她的倩影留下來給他回憶。

窗邊的植物是他自己挑的，她一直沒動過。她說不上喜歡植物，但不會抗拒。如果要養的話，她只會挑仙人掌。

「我只會種容易打理的植物。我的時間要留給學生。」

「我呢？」他指著自己的鼻子。

「你是我的植物，乖乖地聽我擺布就是。」她隨口說。

他希望可以做她的植物，讓她照顧，讓她澆水，而不是反過來。他很害怕她就算死不了，也會變成植物人。

第三個女友發生這種事情，到底是否爲詛咒？是否和那棵老樹有關？

他從沒見過這麼怪誕的樹，打從第一眼看到那棵樹起，就愛上了它。他在這樹上找到像屬於自己的生命力。他爲它著迷，甚至著魔。他畫過它無數遍。他體內有一部分就像寄居在這樹上面，果然，它也腐蝕了他的靈魂，一點一滴地改變了他的命運。

就像和魔鬼的盟約。

他坐在沙發上，凝視她照片裡的笑顏沉思：如果是的話，他可以找誰解咒？

18

巫眞醒來發現自己躺在沙發上而不是床上時，才想起昨晚發生的事情。

早上七點多，她是否還在安睡？或者已經趁他熟睡時跑掉？

要是她像貓般從窗口跳走，就實在太無情無義了。

他剛要動身去看她時，就感受到她的氣場，雖然微弱，但確是她的氣場沒錯。

她還在！

這下他才放心一點。

他在沙發上掙扎了一陣，終於打算去廁所上大號時，突然聽到一陣喵聲，群貓全部驚醒過來，有幾隻幼貓還衝出門口。

天！要地震嗎？九二一大地震時，家裡的四隻貓咪同時向自己撲過來，叫個不停。他的反應，就是和貓咪一起唱歌安撫牠們。

白衣女子正從樓上走下來。昨夜走路時的昂首闊步，如今變成小碎步。

「早啊！」他對她說。

「早。」她半晌後才道，語氣有點尷尬，氣場仍然很弱，大概還不到昨天全盛期的十分之一。

「妳沒事嗎？」

「還好。」她細聲回答，和昨天的滔天氣焰相比，簡直判若兩人。

「不用再睡一會嗎？」他關切地問。

「不用。」

「要去吃早餐嗎？」他問。

「好。」她答。

她的脾氣會受氣場左右？還是她受他相救之後變成了溫馴的小貓？

她在路上一直沒有作聲，像個隱形人，走路不像昨天般有風，舉步也不虎虎生威，反而走得很慢，像在庭園散步似的。他要特地走慢點，才能讓她跟得上。

進到早餐店後，他挑了靠窗的位子。窗邊放了些植物，很是漂亮。除了食物，這裡另一個吸引他來的原因是店貓，一頭老灰貓。牠喜歡到處串門子，換句話說，就是收集八卦。

他仔細研究了菜單，太便宜的餐點怕被她看扁，太貴的又不划算，最後挑了個價錢中等的套餐，含吐司、香腸、沙拉和薯條。

她挑了最便宜那個，分量也最小，只有三明治和沙拉，給他當前菜也嫌少。他雖然不再長高，但自問食量仍和發育時沒有兩樣。

「妳不餓嗎？」他問。他以為像她這麼兇暴的女生，要像暴龍般吃很多肉類。

「一點點。」她輕聲道。今天她的狀態比較像三角龍，食素。

看來她不再像昨天那樣兇，他單刀直入問：「妳是大學生嗎？」

「嗯。」她點頭。

「住在哪裡？」

「台南。」

當然。「哪一所？」

「成大。」

她溫純得像小貓一樣，怎會想到她昨天竟是張牙舞爪的大老虎！他趁她退化時發動攻勢。

「等下我送妳回去。」家最能代表一個人，同時把一個人的心理狀況形象化。即使無法踏進她家門，但知道她住處在哪裡，日後也不會失去聯絡。

「不用。」

她出乎意料向他說不，態度堅決。幸好，和昨天怒髮衝冠的模樣相距甚遠。

他不知道怎樣回應時，早餐剛好送來，把尷尬的氣氛沖走。

她對著碟子，好像要動手，卻有點不知所措，他問：「妳怎麼還不吃？」

「可以幫我用紙巾把三明治包起來嗎？」

「可以。」他討厭差遣男生的女王，不過，見她問得很有禮貌，只好破例幫她。

他把她的碟子拿過來，把三明治用紙巾包好，再放在碟上推回去。她道謝後拿起三明治，不料手一滑，整個三明治不知怎地掉了下來，幸好是掉到桌上。

她尷尬地說：「不好意思。」

「放心吃吧！這桌布是今早才換過的。」老闆娘剛好經過。

她再伸手抓起三明治時，他才發現她的手指很不尋常地——短！

昨夜他沒有發現。

她也發現他在盯著自己的手指，「我的手指比一般人短上一截，所以笨手笨腳。」

他趁機伸出手掌來，想要和她比手掌的長度，她冷冷拒絕道：「別碰我！」

這女生真是翻臉無情，他馬上說：「我讓妳睡我的床啊！」

「你趁人之危。」她說罷，咬了口三明治。

「我哪有？妳暈倒後，我救了妳。」

他見她沒有反駁，又問：「妳沒事了嗎？」

她仔細咀嚼和吞嚥後，心平氣和道：「沒有。」

「妳不感謝我嗎？」

「你想怎樣？」她又再咬了口三明治。

「這……」他又語塞，遲疑道：「我也沒想到。」

「我有話要跟你說。」她眼睛仍是盯著三明治。

他不期望她會以身相許。就算她願意，自己也未必應付得來。

「是什麼？」

她終於抬起頭來，直視他雙眼。

「別再去安平那邊，別再跟蹤那人。」

「留給妳一個人去處理嗎？」

「沒錯。」

「可是妳的氣場現在比我的還要小啊！」

「很快會變回正常水平。」

「我剛發現，昨晚妳的頭髮是直的，現在竟然變得有點鬈了，妳的體質很神奇啊！」

「與你無關。」她繼續咬三明治，低下頭沒再抬起來。

「可以告訴我妳的能力從哪裡來的嗎？我一直想找同類。」

她沒答話，默默把三明治吃完。看了菜單後，打開錢包，把早餐錢的鈔票和硬幣數好後，一一攤放在桌上。

「等下，我很快吃完。」他吃東西很慢，如今還剩下一半。

——不要管那一半了。

他站起身來。

「坐下，我討厭浪費食物的男人。」她雖然氣場和氣焰都小了，但沒有變得容易親近。

「等我吃完後，我送妳回去。」

「不用，我自己會走。」她的語氣冷漠得像剛簽離婚證書的太太。

他只好眼巴巴看著她一個人離開，桌上剩下一大半的食物。生平第一次和女生吃早餐，已得到很可怕的教訓：別吃得太慢，否則女生會跑掉。

他轉過頭來時，發現早餐店裡其他人全都在注視自己。

他馬上低頭，紅著臉以高速吃完早餐後，才拖著失落的腳步走回家，發現昨晚她停在巷口對面的紅色機車不見了。這個魔女般的女生入侵了他的世界後很快又離開了。

黑白無常一如以往守在巷口。

安平樹屋裡那棵樹肯定有古怪，她愈叫他不去，他愈想過去看個究竟。

她叫他別插手，就表示她會處理。他一定可以在樹屋附近碰到她。

19

巫眞在家稍事休息後，便騎機車過去。

雖然昨晚才來過，但白天和晚上畢竟不一樣，樹屋要在白天才看得分明。據很多不同類型的調查，安平樹屋在台南的景點裡，一直在三甲之列，不過，也往往只能排第三，僅次於赤崁樓和安平古堡。

其他那兩個景點，確是有很重要的歷史價値，但樹屋也不是沒有。這裡以前是德記洋行的倉庫，最不同的是，樹屋是有機的，會不斷成長，爲赤崁樓和安平古堡所不及。十年二十年後再來，模樣會不一樣。所以，樹屋在他心目中，永遠排名第一。凡是有朋友來到台南，他都會載他們去看。

他喜歡樹屋，應該和那個蕭大年有共同興趣，不過，上次進場時少說也在兩、三年前。他不是遊客，沒必要每年都去看，即使台南市市民憑證免費。

和上次來時相比，這棵樹肯定更高大了。旅客看到這棵樹，都會乍驚還喜，爲那怪奇的盤根錯節而驚歎，爲這一棵樹的頑強生命力而欣喜，拿出相機拍照。

巫眞來過樹屋才五、六次，早就忘了裡面的道路到底怎麼走，只記得有講解植物和歷史的區域，也有階梯讓人走上屋頂，另外還有棧道通往水車那邊。小鬼都當水車是電動般玩得很高興。

這次再來，他沒隨人流到處走，而是希望能找到什麼。

那神祕女子說這樹是妖。這樹看來確實很像，不論是攀在牆上如蜘蛛網、在地上如百蛇蠕動的樹根，像不知什麼怪物的鬍鬚吊下來的氣根，或如綠巨人浩克般把屋子撐破的主幹，無一不表現這大樹怪異之處。

說不定這樹其實是外星人來到地球附體後的傑作。沒錯，外星人搞錯了對象，結果附身在一棵大樹裡，使這樹表現出不像植物而像動物的行爲和形態，想要無性繁殖好大舉侵略地球，無奈卻受困於樹本身的結構而演變成目前妖異的形態。

不，形態一點也不重要。他一再提醒自己，他要找的，不是讓遊客感到有趣或怪異的地方，而是神祕女子指的不尋常之處。

他意圖找樹的妖氣，可是一無所獲。也許，眞如她說的，樹妖利用樹根把氣盡數排在水裡，以爲可以神不知鬼不覺。

難怪他在這裡感受不到一絲妖氣，倒是嗅到迎頭而來的男男女女身上的頭油和汗臭味。

他一邊走，一邊留意長得高眺的女生。可是她們轉過頭來時他就知道她們不是他要找的人。她連名字也不願意告訴他。真可惡！

今天她會來嗎？還是等她的氣場回復正常水平後才再來？

他不可能每天都來這裡等她。

他頂著猛烈的陽光走到水車那邊，終於涼快得多了。大人小孩一如他當年所見地圍著水車玩和拍照。水面下是魚群。這好像是魚塘，用水車打氣。

仍然一點妖氣也感受不到。

他稍微抬起頭，刺眼的陽光直接射來，教他幾乎睜不開眼睛。

……這幾晚都在打探看有什麼異動……那神祕女生說過。

晚上？爲什麼白天不過來，而要晚上？晚上可以把樹看清楚點嗎？

當然不會，反而更難了。

這樹在白天和夜晚時會有什麼不同？

他想起植物會進行光合作用，利用葉綠素進行很複雜的化學作用。白天時，吸入二氧化碳，釋放氧氣。到了晚上，情況就會反轉過來，和人類一樣，吸入氧氣，釋放二氧化碳。

如果把氣場當是空氣來處理，這棵樹說不定要在晚上才會釋放氣場，所以他在白天即使站在池塘旁邊也感應不到。

這樹如果有妖，也要在晚上才會現形。

他又想起神秘女子的氣場，難道她也和樹妖一樣？不，她的氣場是在半夜時突然消失，不是在東方亮出第一道陽光後才不見。

先不管她的氣場。

要調查這樹的底細，要晚上來才能確認。

他離開樹屋，在出入口研究樹屋的開放時間，是早上八點半至下午五點半，不像赤崁樓到了晚上仍然燈火通明，熱鬧得很。

以樹屋這狀況，晚上肯定陰森得很。就算沒鬼，看到那些奇形怪狀的樹根，鬼影幢幢，難保不會自己嚇自己？

他決定暫時先回家，好好準備一下夜探樹屋的工具。

他也隱隱覺得，她要到晚上才會出現，才有機會再見。

20

回家後，他上網翻查安平樹屋的背景資料。

其實也沒有什麼新發現，所有網站上的資料都大同小異。

話說安平樹屋的前身，是英商德記洋行的倉庫。後來洋行撤退，日本人拿來做其他用途。後來日本人離開了，倉庫丟空，榕樹長高，樹屋變成鬼屋，過了很久很久，台南政府才意識到可以拿來做保育，於是找了藝術家規劃，終於變成今天的樣子。

歷史就是這麼簡單，一點不曲折離奇。幾乎所有台灣人都耳熟能詳，沒有新意。

如果蕭大年和樹妖扯上關係，那會是怎樣的故事？

他倒在沙發上，想著想著就睡起來，直到電話響起來，才發現已到下午五點多。

「昨晚你發現了什麼？」小莉劈頭就問，兇巴巴的語氣就像當他是逃學的學生。

「沒有沒有，什麼都沒有。」

巫眞沒打算提那神祕女子的事，怎樣解釋都麻煩，反而橫生枝節，所以只提蕭大年在樹屋外駐足，加上群貓說他之前也去過的情況。

「他在樹屋外看什麼？」小莉追問。

「不知道，所以我今晚會過去看。」

「今晚？樹屋不是只在日間開放的嗎？」

「沒錯。不過，既然他在晚上才去看，說不定要在晚上樹屋裡才會有什麼。妳要過來嗎？」

「你是指非法闖入嗎？」

「當然。」

「我是作育英才的教師，怎能做這種偷雞摸狗的事？」

「難道妳不能做，就要我去做？我也算是代表妳的啊！」

「你說得好像我和你是一夥的。」

「是妳找我做調查的！」

「我什麼都幫不上忙，你真的需要我進去嗎？」

「這倒不必。我只是告訴妳我正冒生命危險在做調查。」

「你有什麼意外的話，我付不起醫藥費。」

「我會很小心的。」

「不行，要是你不小心受傷了怎麼辦？你今天幾點過去？」

「妳想一起加入探險活動嗎？」

「不可以嗎？」

「怎會？到時我來接妳。」

21

巫眞把借來的車停下來時，已是晚上九點多。和昨晚一樣，有些遊人在散步。貓自然也不缺，只不過不是昨晚碰到的貓。

這夜的雲很髒，灰灰的，壓得很低，把月亮完全收起來。天氣不怎麼好。就算今晚不會下雨，說不定明天就會。

「下車吧！」巫眞熄火。

「現在就進去？」小莉臉上充滿疑惑。

「當然不是，我們要先視察環境。」

「太明顯了吧！」

「有什麼明顯不明顯的？妳額頭上寫著『準備非法闖入』嗎？沒有嘛！」

外面有一對男女牽手散步。男的情到濃時，突然低頭去親那女的嘴。等兩個頭分開後，那女的一巴掌拍在男人屁股上，男的哈哈大笑，接下來又牽著女的手，繼續往前走。

小莉紅著臉說：「大庭廣眾下，不是應該檢點嗎？」

「人家是老公公老婆婆，妳不覺得很恩愛很浪漫嗎？」巫眞不以爲然。

「就是老人，也要守規矩。」

「妳別老是拿學校裡那套義正辭嚴的態度不放。這裡不是學校。」

「哼！」她翹起手來，「等等，先在此聲明，我對你沒有興趣。你別帶我來這裡培養氣氛。」

他走到車外，沒空去理會她。「我對大姊姊沒有興趣」這句話他可不敢說出口。如果眞要說到感興趣的女生，那個白衣女子當然名列榜首。她才會是他的桃花。

她今晚會不會來？

一隻貓踱步過來，他彎下身，和貓交談了幾句。最後他撫摸了貓頭幾下後，貓輕快跑走了。

「你們聊了什麼？」小莉問。

「就是樹屋。我問牠有沒有進去過。牠說沒有，這裡附近的貓沒一隻進去過。」

他沒再說下去，邁開腳步，小莉在後追隨，並肩走向樹屋和德記洋行那個冷冷清清的聯合收票口。

「爲什麼？」她好奇問。

「牠沒說。」他撒了個謊。

巫眞做過資料搜集，知道樹屋裡面點了燈，不是漆黑一片，大大方便讓他們這些入侵者來探險，否則在一片漆黑裡活動，不只可怕，也容易驚動外人。

在樹屋旁邊的德記洋行一整棟建築物看來好像能住人，不過，裡面有蠟像，應該不會有多少人敢放膽過夜吧。

安平樹屋裡沒有蠟像，但想到白天那些樹幹張狂得魑魅魍魎的樣子，心裡難免發毛。看到那些若隱若現的樹冠，聽到風吹拂樹葉發出如鬼語的沙沙聲，他開始後悔自己怎會有夜闖樹屋的大膽想法和勇氣。

「我們眞的要進去嗎？」小莉用顫抖的聲音說出心裡想法。

「都來到門口了，沒有不進的理由吧！放心，沒有管理員，沒有人會發現。」巫眞道。

「重點不是被人發現。」

「妳想打退堂鼓？」

「裡面好像很可怕，我可以想像到那樹像個鬼般站著。」

她的話大概沒錯。他聽了白衣女子提及樹妖後，再想像夜裡的樹屋，也難免心生恐懼。

可是，如果退縮，算是什麼男人？

要是白衣女子知道自己害怕，恐怕會笑得人仰馬翻！

不，她不會那樣笑，她只會嘴角向上揚，發出恥笑——

「小咖！」「所以你只是小咖。」「你果然是小咖。」

「隨便妳。反正我不一定要妳陪，我自己一個人進去也行。」巫眞把車鑰匙放到她手上，「妳回去車裡等我就行了。」

小莉回過頭，發現除了他們的車外，就再也沒有其他車了。更怪的是，剛才還算稀疏的遊人，現在竟然一個都不見了，就連剛才牽手的老夫婦也消失無蹤。

「回去車上的話，就剩下我一個人。」小莉聲音顫抖。

「妳想怎樣？陪我一起進去嗎？」

「我們一起離開吧！」從她的語氣聽來，她比他年長的優勢完全消失。

「不是妳要我調查的嗎？現在竟然叫我離開？」

「我是客戶，現在叫你馬上離開。」

「沒錯。妳是客戶，不過，進入樹屋是我自己要進行的調查。這晚的行動不花妳一毛錢。」

「那你怎有錢去看電影？」

「要是每晚都這麼刺激，誰還須要看電影？」他心想沒有恐怖電影比現下更刺激。「我進去，不管妳了。」

「不行，送我回家。」她急得要哭了。

「可以，等我出來後再送妳回去。」

他不再管她。圍牆不高，他先把背包拋到後面，再徒手攀爬過去。

他的腳著地時，發出沉沉的兩聲，像是樹屋給他的掌聲鼓勵。

我不是小咖。他心想。他站直身子，對圍牆後的小莉道：「妳還不進來的話，我就往前走，到時妳就叫天不應叫地不靈。」

「你自己進去，才是叫天不應叫地不靈！」

他懶得和她爭辯，只問：「要進來嗎？」

半晌後才聽到她說：「等我。」

最先看見的是她的手掌，接下來就是她的頭。她很快就翻過牆，跳了下來。

「身手很靈活嘛！」他不禁道。

「哼！」這是她的唯一回覆，不過，她的眼睛很快就飽含不安，「你站在這裡看就夠了吧！」

「當然不夠。如果不進去，我們來幹什麼？不如看網路上的影片！」

「可是你看那些樹根多詭異，像鬼手似的。」

她的話一點都沒錯。

「妳的比喻很老套，可以有點新意嗎？」他故意開玩笑，希望可以沖淡恐怖氣氛。

「那你想到什麼？」她問。

「那樹根聚集起來，既像一堆白骨，又像一隻人般大的蜘蛛攀附在絲線特粗的蜘蛛網上。」

他向她堆起笑容，她卻笑不出來。

他邁步走進樹屋的範圍。走著走著，一股奇怪的感覺從腳掌竄上來，就像每踏前一步，都有什麼在敲他的心臟，教他心跳不禁加速。

他還沒感受到什麼妖氣，但妖異的感覺油然而生，不知真的是有妖，還是整個樹屋的氛圍給他這種感覺。

他只肯定，這不是心理作用。

這樹屋早已不是有人住的房子，也不像是人造出來的，因而成為很奇怪的建築物。

牆上那些樹根白得發亮，看來像人骨。垂下的幼細氣根則不一定能看得到，只在經過時拂到臉上才察覺，感覺像被鬼手觸碰。

他不敢把種種奇怪的想法和感受說出來，深怕會把小莉嚇得馬上拔腿就走，不，說不定她會嚇得根本走不動。

屋裡有一些笑聲。

不是他聽錯，確是人的笑聲。很尖，很短，像在恥笑他不自量力夜闖樹屋。

「你有聽到嗎？」她在他後面，聲音顫抖。

「聽到什麼？」他裝作若無其事。

「笑聲。別假裝聽不到。」

「有聽到，不過，應該不是笑聲，而是錯覺。」

「兩個人一起有錯覺？」

「那可能是像笑聲的聲音。」

「會是什麼？」

「也許是鳥的叫聲。」

「鳥會這樣叫的嗎？」

「也許吧！」他繼續否認，但打從心底知道那些確是人類的笑聲，而且是樹屋——或者樹妖——向他發出的警告。

他走了幾步後突然停下腳步。

「怎麼了？」她問。

「剛才一陣風吹來時，不知怎地竟然吹沙入眼。」

他一邊揉眼睛，一邊覺得，這粒沙就是樹屋給他的最後警告。

「天啊！眞是出師不利。我們回去吧！」她又趁機慫恿他打退堂鼓。

他回過頭來，「回去？沒想到妳會講這種話。妳找我調查不是爲了妳那朋友嗎？怎麼有點風吹草動就不調查了。」

「調查是你的工作，不是我的。」

「可是妳連我也想勸退啊！」

「因爲你好像不怕死那樣一直往前衝！」

他好不容易才把那粒沙弄出來。

「我答應過妳會調查，便無所畏懼。妳朋友現在正處於死亡邊緣，我雖然不認識她，但也希望盡一臂之力，把她從鬼門關拉回來。」

她聽後像大受感動，不再說出孩子氣的話。

「好，爲了子靈，我們進去吧！」

兩人不再像剛才般一前一後，而是並肩前行，走進樹屋裡。

巫貞發現剛才小莉說樹屋像鬼是錯的。樹屋本身就像鬼的頭，那些門就是這鬼的血盆大口，而且不只一個。

兩人從背包裡抽出手機當手電筒，從樹屋左邊第一個門口拐進去。

這道門在夜裡顯得很窄，門後即使有光，仍然感到很昏暗。

跨過門檻後，兩人就置身在大樹底下。這裡是常態展館，講的是榕樹生態，沒什麼看頭，舉頭也看不見夜空。

他只覺得這裡很靜，車聲、蟬聲和其他嘈雜的聲響全都消失。這裡甚至不像屬於台南的地方，而是自成一個奇怪的國度。

相鄰的房間傳來一下怪聲。

「有聽到嗎？」小莉問。

「有。沒什麼，也許是貓的腳步聲。」

「你不是說過貓不進來的嗎？」

「那就當是野狗好了。」

「野狗會向我們狂吠吧！」

「也許被人毒啞了。」他說出一個連自己也不怎麼相信的理由，好不去想更可怕的事實。

他們小心翼翼從小門穿去另一個較大的展室，裡面看來較殘破，牆上爬滿一層層深淺不一的青苔。一個個像墓碑似的展牌介紹著不同品種的榕樹。

他想起白天來時，有人在玩角色扮演，拍群體照，很有歡樂氣氛，但現在覺得自己像置身鬼域裡。不，那一面面牆是鬼的胃壁，一條條樹幹是血管。他和她現在就身處鬼的腸胃裡，眼下一切盡是這鬼吞進肚裡的東西，經過咬碎後變得腐爛不堪。

耳邊傳來腳步聲時，兩人的視線同時轉過去。

「是什麼？」她問。

「沒什麼。」他不敢多說，怕她聽出自己戰戰兢兢的聲音。

他沒說的是，剛才他瞥到一道紅影在門口一閃而過。

那紅影頂上梳了一條條細小的辮子，臉上發出詭異的笑容，身穿好像是未及膝的白邊短裙。

「要不要過去看？」他對小莉說。

在昏暗的環境裡，看不出她臉色是否變白，只聽到她用很低沉，彷彿來自另一個世界的聲調說：「不要。」

可是他的好奇心壓倒恐懼。他無視她反對，繼續前進，他知道她一定會跟著來。她不會一個人留在原地。

他們要穿過的那道門，有一半被樹身遮蔽，人要走過去的話，得側身才能通過。

「你說要穿過這道門嗎？」她站在門前問。

「對。」

「一定要從這裡穿過去嗎？」她幾乎是重複剛才的問題。

「妳怕什麼？」

「要是我們穿過去時，這門突然關上怎麼辦？」

「什麼叫突然關上？」

「就是說，這門像嘴巴般把我咬著不放？」

「這門怎會突然把人咬著？況且這門沒有門板。」

「可是有樹枝可以把人纏著。」她伸手去指。

「妳的想像力太好了。」

「要是有人拿刀守在門後怎辦？」

「妳恐怖片看太多了。別胡思亂想，根本沒人。」他走近門口，側身穿過那道門，站在正中央，回過頭來對她說：「妳看，根本沒事。」

她猶豫了幾秒後，才敢移動腳步，只是步履有點不穩。

他拉她過來後，才發現這房間裡的白燈一閃一閃，奄奄一息，像要隨時斃命。這白燈不是唯一的光源。房間的天頂開了天窗，抬頭可以看見樹冠。一陣風吹來時，樹枝連同樹葉左搖右擺沙沙作響。從上而下的氣根很有韻律地擺動，像要偷偷伸長，拂到他的臉上。

「有時樹屋在晚上會發出邪氣，連我們貓族也不敢進去。」他想起剛才那貓向他說的話，「我有個朋友的幼貓進去後，就再也沒有出來。牠那大了肚子的老婆白天進去找幼貓，結果生下來的全是死貓。以後每次懷孕，生的都是死胎。」

那貓說時猶有餘悸，聲音發抖。

這些話他怎敢告訴小莉！

他敢進來，不只因爲自己是人類，而且小莉看來不是孕婦。他沒問她是不是懷孕，深怕一個巴掌賞過來。

他的眼光轉到窗戶時，發現又有一道影子掠過，不是紅影，而是黑影，頭上有個像佔滿整張臉的超級大眼睛，甚爲反光。

「妳看到什麼嗎？」他問小莉。

「我什麼也沒看到。你別嚇我。」小莉的聲音微弱地道。

「我想去外面看，妳在這裡等我。」

「爲什麼要丟下我？我跟你去不行嗎？」

「那就跟著來！」

他從後面那道門穿出去，站在樹屋外。微涼的空氣竄進衣服裡，教他感到一陣雞皮疙瘩，「我覺得，要眞正看清楚這樹屋的方法，不是走進裡面，而是踏上梯子去到高處。妳說對不對？」

屋外沒燈，反而比屋內來得暗。他看不到她的表情，但她頭髮被風吹得散亂，乍看像女鬼似的。

「只要不再進去就行了。」她幽幽道。

他在手機照明下，一步步登頂，居高臨下，讓手機照出來的光球在屋頂上緩緩滾動。樹屋像個被剖開的肚子，而攀附在屋頂上的樹根則一排排地從上而下，像肋骨。在肋骨和肋骨之間，他似乎窺見兩張笑臉。不，不是似乎，而是眞的看到。等他仔細凝視時，那兩張笑臉又消失不見了。

他緊握手機的手幾乎要鬆開。那光球在屋頂上如他的心神般搖搖晃晃，連小莉也看得出來。

「我們走吧！」她抓著他的手道。

「走？都來到了，爲什麼還要走？」

「你的手……抖得很厲害，你也害怕吧！」

「我不怕，只是衣衫單薄，有點冷。」他把手機的光指向原路，「下去吧！這裡沒什麼好看的。」

小莉沒有多話，大概覺得他自找麻煩。只有他自己才知道是怎麼一回事。

就在小莉準備返回屋裡時，他出言阻止。

「不用進去，從外面離開吧！」

「外面很黑呀！」

「我們手機有手電筒。」

小莉沒有反對。他發現打從進入樹屋的範圍後，她就溫馴得像隻小貓一樣。

兩人踏上木棧道，轉向左手邊。

「這裡有很多樹根從高處垂下，在白天還能看得清楚，在夜裡就隨時被嚇個半死。」他提醒小莉。她輕聲道謝。

他在這樹屋裡走得愈久看得愈多，愈發現這裡像座精心設計的鬼屋，每一角落都給他不同的體驗。如今裡面的燈火非常慘白，看起來就像在電影裡看過的戰地醫院，裡面躺滿一個個傷者。瀕死的傷者。他記得一部電影裡有個士兵打完越戰後返回美國，卻遇到連串怪事，時而在自己家裡，時而在情婦床上。有時甚至發現有些人頭上長尖角屁股長尾巴，到最後終於搞清楚原來他根本沒有回國，那一切全是他的瀕死經驗。他的人還在越南，傷重躺在床上，沒多久終於斷氣。

他回頭看小莉，她的視線盯緊前路，不敢注視樹屋。她應該只想盡快離開吧！他自己雖然嘴硬，但此刻也想離開。

他的目光再次投向樹屋時，又發現兩張笑臉一瞬而逝，說是逝，其實是把頭縮下去。

他覺得很不妥，很怪，卻不是鬼怪，而是古怪。

「跟我來。」他丟下了這句話後，便奔向樹屋，找了最近的門鑽了進去。

樹屋裡也傳出腳步聲。

鬼沒腳，何來腳步聲？

他無所懼地追上去，衝進另一個空間裡，就是剛才他和小莉去過講解榕樹生態的展示空間。

燈光一閃一閃的空間裡，沒有半個人影。

腳步聲在另一個房間響起，他馬上又跑過去。

這是講解安平灘故事的展示空間。

腳步聲已在樹屋外面，聽得出是踏在棧道上發出來的，但巫眞沒追上去。

小莉的腳步聲很快來到身後。

「爲什麼不跑了？我還能跑呀！」她問。

「不用跑了，他們會回來。」

「他們？你說什麼啊！」她的臉有點慘白。

「跟我來。」

他返回剛才那間榕樹生態廳。白燈仍然閃個不停。

「剛才我看見有些鬼影在這裡走來走去，像是在偷窺我們。」

「你怎麼不說？」小莉很是害怕。

「我怕嚇到妳。」

「那你現在爲什麼又要告訴我？」

「現在不用怕了。」

他的視線在地上搜尋，很快就在木棧道旁邊撿起一部單眼相機，有條斷掉的背帶。

小莉露出恍然大悟的表情，「他們會回來嗎？」

「肯定會！這玩意少說也要幾萬元，晚上會偷溜進來的，應該是貪玩的小朋友，你們說是不是？」最後兩句他拉大喉嚨說。

不消一分鐘，一對男女從剛才巫眞和小莉進來處返回，看來還不到二十歲。男的一身黑衣，戴飛官眼鏡，頭髮染成銀色，就像個巨大的眼珠。女的穿紅衣，未及膝的短裙，是玩角色扮演的裝扮。

兩人並排站得直直的，和巫眞保持三公尺的安全距離，打扮都和剛才投射在巫眞視網膜上的殘像相去不遠。

銀髮男的眼睛一直盯著巫眞手上的相機。

「你們這是怎麼回事？」巫眞開門見山也不客氣地問，這兩個傢伙剛才可眞把他嚇得半死。

兩人一開始還不想答話，但紅衣女用左手碰了碰男的右手後，他才開口。

「和你們一樣，夜探鬼屋。」

「夜探鬼屋？你們還嚇我們啊！」巫眞憤怒道。

銀髮男沒回答，他旁邊的紅衣女說：「相機你不還我的話，我就報警說你竊盜。」

「竊盜？是你們逃跑時掉下來吧！」

「相機在你手上，有你的指紋。」紅衣女繼續誣賴。

「你們接受的是什麼教育？有家教嗎？居然惡人先告狀！你們這相機裡應該有些不可告人的照片吧！要不要公開作呈堂證供？」小莉擺出教師的氣勢。

那對男女聽了，臉色慘白如死。白燈繼續閃個不停。

巫眞暗地佩服小莉賭對了，「眞丟臉，這燈就像在恥笑你們。」

紅衣女過了一陣才伸出手來，「相機還我。」

「妳過來拿啊！」巫眞說。

紅衣女又用左手手肘抵了抵銀髮男，他才從休眠狀態醒過來，走到巫眞面前。

他比巫眞矮了十幾公分，不發一言便伸手去抓巫眞手上的相機。巫眞右手把相機舉高，銀髮男跳起來搶，卻始終搶不到。

「放手！」他說。

「你有辦法就拿走吧！」巫眞把手放下，向前遞出相機。

小莉見銀髮男用盡全力，也無法從巫眞手上奪走相機。如果不是銀髮男手無縛雞之力，就是巫眞大概用了不知什麼力量把相機扣在自己手上。這傢伙還眞不簡單！

「等我來。」

說話的是紅衣女。銀髮男讓出身來，讓她上前。

「廢物。」

她上來時罵道。

「妳是女的，我可以客氣點，只要妳說一聲道歉，我馬上放手。」

「道什麼歉？」她那年輕的臉孔搭配凶狠的表情，形成很大反差。

巫真覺得自己這幾天碰到的女生，不管是小莉、白衣女子和紅衣女都是惡女，差別在於小莉會妥協、白衣女神祕、紅衣女蠻橫。

這是不是代表近來台灣女生的發展趨勢？以前那些溫柔的女生已經成爲絕響？以後都是惡女當道。不會吧，現在大陸那些富二代富三代，討的都是台灣女生。台灣女生已成爲台灣最強勁的外銷文創產品。

紅衣女沒有向他道歉，只是自顧自地繼續要把相機從巫真手上搶回來，「放手。」

巫真沒答話，相機仍然文風不動。

白燈仍然一閃一閃的，而且閃得愈來愈厲害，像要隨時被風吹熄一樣。

「放手。」她再說，不過，語氣已變成求饒。

巫真聽了，難免心軟，他對女生就是硬不起心腸，偏偏遇到的女人都是狠辣角色，對他毫不留情。

他扣著相機的五根手指頭，終於，放鬆。

紅衣女同時叫了起來。

她叫不是因爲拿到相機，而是那盞奄奄一息的白燈終於熄掉，整個空間暗了下來。

熄掉的不只是那盞白燈，樹屋裡其他燈火也同時全數熄掉。

發出叫聲的不只紅衣女，還有銀髮男，當然還有小莉。此起彼落的叫聲教巫眞想起玩雲霄飛車從高處衝下來時，靈魂幾乎要從鼻孔衝出來的感覺。

幸好樹屋沒落入一片漆黑的混沌裡，還能仰賴從窗口透進來的微弱燈光照明。

不過，在這個詭異的氛圍下，樹屋每一個角落、每一條樹根、每一片爬滿青苔的牆所牽動起來的恐怖感都被無限放大，足以把任何一個想像力正常的人嚇得魂飛魄散。

巫眞在其他人仍驚魂未定時，把手機的光線照到他們身上。

「放心，沒事。」

紅衣女原來剛才一屁股坐在地上，正用雙手撐起身來。

「怎麼全部燈都壞掉？」開口說話的不是銀髮男，也不是紅衣女，而是小莉。

「也許只是剛好壞掉，又或者，剛好到關燈時間。市政府就是愛節約能源。」巫眞冷靜找出理由。

「不會眞的有什麼吧！」銀髮男喃喃自語說。

「本來我們也以爲有。」小莉用鄙視的眼神注視他。

「我們也不是有意的。剛聽到你們來時，也被你們嚇到。」銀髮男問紅衣女：「相機呢？」

她答：「他沒還我。」

「妳不是拿回去了嗎？」巫眞問。

「我什麼也沒拿到！」

「不在我手上，是你鬆開手掉在地上了吧！」

巫眞用手機打出的光球在紅衣女身邊像獵犬般徘徊，做地毯式搜查，從小範圍逐漸擴大。小莉的光球很快加入戰局，把範圍拉大到整個展示廳。

不過，仍然沒有發現。

「很奇怪，居然不見了。」巫眞說。

「我知道在什麼地方。」紅髮女說。

「哪裡？」其他兩人異口同聲問。

「你的背包裡。」她指向巫眞。

「我的背包根本裝不下。」巫眞把背包脫下，坦蕩蕩打開來給大家看。

「我的相機到底去了哪裡？」銀髮男自言自語。

紅衣女打開她的手機，在天花板上打出光球，「要是你把相機丟到上面或者外面，我們當然找不到。」

「我爲什麼要丟到外面？」巫眞沒好氣問。

「報復我們捉弄你。」紅衣女道。

「無聊！」巫眞不屑多話。

紅衣女繼續搜尋，銀髮男和小莉很快也加入搜尋之列。四條光柱在室內來回交織，好不熱鬧。

過了一陣，仍然沒有結果，巫眞不想糾纏下去，對小莉道：「走吧！」

「別走，弄不見我的相機你敢走？」紅衣女向他發出怒吼。

巫眞懶得理她，頭也不回，奪門而去。

「啊──啊──啊！」

他身後傳來銀髮男近乎慘叫的聲音。

巫真回過頭來，用手機向地上一照，只見銀髮男倒在地上，像電影《大法師》裡的小女孩般用四肢匍匐而行。

銀髮男的手機不在他手上，而是摔在地上，不再發光。

紅衣女看來不知道發生怎麼一回事，問：「你怎麼了？」

「嗯──嗯──嗯──」銀髮男久久也講不出一個字來，慢慢站起來，走了幾步卻又跌倒，發出咚咚的聲響。

巫真把光線照到銀髮男注視的方向，很快就在盤根錯節的樹根之間發現好像有什麼東西在反光，細看之下，就是那個單眼相機的鏡頭！

「怎會跑到這麼奇怪的地方？」巫真估算那相機在他們四公尺外的距離。更詭異的是，兩條手臂粗的樹枝像各自伸出五條手指，把相機捧在正中央。

「啊──啊──啊！」

這次發出叫聲的不是銀髮男，不是紅衣女，而是小莉。

她也倒在地上，無力得癱軟。

巫真對她可不能袖手旁觀，馬上上前扶她起來，問：「什麼事？」

「上面……上面！」她似乎想舉手，不過別說舉手，她似乎連一根手指也無法舉起來，甚至連臉也不敢抬，總之已一臉驚恐，像看到什麼驚駭莫名的東西。

巫真也不想去看，但不看就不知道是什麼。

他抬頭張望，沒什麼，當然沒什麼，手機的光都還沒有打上去。

他屏息靜氣，讓光球射到屋頂上，只見無數氣根垂下，密密麻麻的，根本什麼也看不到。

「沒什麼特別嘛！」他有點疑惑。

「走到我……右邊……看。」小莉舉起顫動的右手，不，只是右手手指去指。她的手臂根本不敢舉高。

他沒有站起來，仍然蹲在地上，移動腳步，邊走邊看，在那些氣根的空隙之間，窺見到一張和背景顏色不一樣的，肉色的、扭曲的、和旁邊格格不入的東西。

巫真當即腳步也不穩，跌在地上。

「你們看到什麼!?」紅衣女驚叫，聲音變調。

巫真提了一口氣上來後才說：「妳過來看。」

「不！我才不過去，告訴我你們看到什麼!?」她動也不敢動，「求求你們，不要再嚇我！我以後都不敢了。」

妳這句話來得太遲了。巫眞不知要不要說出這句話，最後還是吞進肚裡算了。

他再次抬頭注意天花板時，那東西還在。

有眼、耳、口、鼻，整個五官和輪廓都非常分明顯。不過面容卻很痛苦！

那張女顏的嘴唇一張一闔，像要說話，卻發不出聲來。

巫眞緊盯她口型，好好注視，認出她要說的其實是兩個字。

救我！

「救妳？」巫眞大著膽子問。

她沒有答話，臉被一股突如其來的吸力抽上去，沒發出一聲就消失了。

銀髮男終於爬起身來後，沒去扶起紅衣女，也沒去撿回相機，拔腿就走。

巫眞想罵他沒有義氣時，只見一股銀光從遠處撲來，速度奇快，像子彈一樣。

不過，不是子彈。在這千鈞一髮間，巫眞看到那個東西，其實就是銀髮男的單眼相機，這玩意不知怎地，竟然從樹根之間射出來。

以這種高速，子彈可以穿過人體；像單眼相機這麼大的物體，其實和一個砲彈無異，要是擊中頭腦，可以把頭蓋骨打得粉碎。

他追著那相機的軌跡望過去，只見出口那邊一片黑暗，等他把光線照過去時，卻不見了銀髮男。

他不是不見，而是被人按了下去。

相機安安穩穩地被另一個人拿在手上。

是那個教巫眞魂牽夢縈的白衣女子，但她換上了灰衣。

她英姿挺拔威風凜凜地佇立，一手捧著相機，一手按下銀髮男，眼睛如射出電光，和早上病懨懨的模樣簡直判若兩人。

巫眞即使料到她會出現，還是驚喜萬分，問：「妳怎會在這裡？」

「我一直都在你們後面。」她一臉冷峻說。

「奇怪妳的氣場我一點也感受不到。」

「因爲你無法好好控制你的內力，所以一來到這裡，心思就無法集中。快走吧！此地不宜久留。」灰衣女子手持單眼相機，對蹲在地上的銀髮男道：「看你現在像什麼男子漢？快和你的小女友滾蛋！」

銀髮男聽了，才回去扶起紅衣女。

巫眞跟在他們兩人和小莉後面衝向出口，自願排在最後。

一行五人奔出古怪的樹屋，從旋轉門離開後，才如釋重負。

銀髮男和紅衣女衝向機車，歪歪斜斜騎了一點路後，把車繞回。

灰衣美女把手上的單眼相機交到巫眞手上。

銀髮男把機車停下，熄火，和紅衣女一起走下車，站在巫眞面前，脫下安全帽，低聲下氣說：「不好意思，可以把相機還給我們嗎？」

巫眞沒有答話，直視紅衣女。她終於說：「不好意思。」

巫眞默默注視這兩個眼神裡已沒有氣焰而且受驚萬分的小朋友，卻仍然沒有打算把相機遞出去。

他望向小莉，相信她比自己懂得處理屁小孩。她微微點頭後，他才把相機鄭重放回銀髮男那個泛白的手掌上。

「謝謝！」銀髮男和紅衣女異口同聲後，登上機車離開。

「我是不是也要謝謝妳？」巫眞轉頭問灰衣女子。

她沒直接回答，卻道：「我不是叫你別來的嗎？」

「我和妳一樣，好奇。」他問。

「不自量力。」

「很奇怪，妳的氣場又回復正常了。」

「不關你的事。」

「我估計妳的氣場雖然很強大，卻無法好好控制，所以時強時弱。如果我沒猜錯的話，妳的氣場並不是天生的，而是後天有人輸入妳體內，就像武俠小說裡輸入眞氣那樣。我沒說錯吧？」

「哼！」她別過頭，不再看他。

「看來我沒猜錯。」

小莉問：「你們看到天花板那張臉嗎？」

「當然有看到。」巫眞道。

灰衣女子面無表情，巫眞覺得她也有看到，不過耍酷是她的標誌。

小莉深呼吸了幾下，才說：「那是子靈。」聲音空洞得像從另一個世界傳來。

巫眞覺得他的心臟幾乎要從嘴巴裡跳出來。

22

巫眞送小莉回到家門口時，她仍臉無血色，說明天早上也許會打電話回學校請病假。

「子靈是什麼人？」一路相隨的灰衣女子在門關上後終於發問。

「原來妳的好奇心和我一樣重。」巫眞笑道，心想她終於有事要相求自己。

「少廢話，告訴我答案。」

「去我家的話，我告訴妳。」他見她眼神像要殺人，忙道：「開玩笑。原來已經是十點多了，我們去『闔門』吧！」

那是家二十四小時營業的二手書店，主要店面在地下室，很大，大得教人徒生無力感：書不是分門別類排放，而是書架上有空位就塞進去，因爲雜亂無章，要掏寶必須讓目光爬過一本本書背去尋找。

媒體記者說這裡像是亂葬崗，讀者要在書架前攀爬一本本書的書背，久久也爬不上去。

有時晚上店裡會辦讀詩活動、讀書會、新書發表會，甚至化妝舞會，讓愛書的宅男宅女互相結識。

今晚沒有活動，地下書店靜得像停屍間，也沒有店員，一切買賣由顧客自律。店員只在白天才出現，晚上回家睡大覺，和要在晚上盡忠職守的守墓人正好相反。

巫眞和灰衣女找了個在角落的桌子面對面坐下來。

「在我告訴妳誰是黃子靈前，妳要先告訴我妳的名字。」巫眞單刀直入說。

她猶豫了一陣才道：「我叫方圓。方向的方，圓滑的圓。」

「眞的假的？妳別拿假名來搪塞。」他問，語帶諷刺。圓滑的圓？他暗地覺得好笑。她的做事風格，離圓滑很遠很遠。

「我行不改名坐不改姓。除非我不告訴你，不然一定是眞名。」

他認爲既然她肯出手相救，又報上名字，已證明本身光明磊落。要是再三質疑，便顯得小家子氣。

於是巫眞便把子靈和蕭大年要準備結婚，卻遇上車禍，而蕭大年之前兩個女友都遇到不幸的事都一一相告，沒有保留。

方圓眼波流動，像在腦裡製作畫面，再一一組織起來。

「奇怪，蕭大年一連死了兩個女友，媒體都沒有報導？」她問。

「如果他是名人的話，狗仔隊肯定盯著不放。」

「他去安平樹屋，不可能是沒有理由的。」

「可是他知道子靈被囚禁在裡面嗎？」

「這個只有他本人才知道。你能看透他的內心嗎？」

「不能，妳呢？」

「我無法看透，不過，我和他談話時，就可以知道他有沒有撒謊。」

「那是很多女人的直覺。」他瞄到她背後正好有本書叫《震撼人心的冷讀術》。

「我的可不是直覺。」

「妳靠的是觀察各種身體語言——」

「我說過不是。」她沒讓他說下去，「我聽一個人說話就知道裡面有多少謊言。」

他聽了馬上心驚，在想自己對她說過多少謊言。

「放心，你還沒騙過我。」她道，後面另外有本叫《大江大海騙了你》。

「妳會讀心術嗎？」

「不，不過你在想什麼倒是不難猜到。」

「那我在想什麼？」他問。

「你在想辦法哄蕭大年講眞話吧！」

「沒錯。不難猜到。」他說。其實他在想怎樣可以和方圓變得接近。「我會把今晚的發現告訴他，既然子靈是他的未婚妻，應該可以勾起他的興趣，讓他把所知的告訴我們。」

「你覺得他會坦白嗎？不，應該說，你覺得他會相信你的話嗎？」

「既然蕭大年會去樹屋，顯然有原因。這値得一試。妳看來像有興趣加入調查，是不是想和我分攤調查費用？」

「你少來了。你眞正想問的是我爲什麼要加入調查，對吧？」

巫眞尷尬地笑了起來，「沒想到還眞的騙不倒妳。」

「我說過，你根本無法騙我。」

「那我以後就不必拐彎抹角，直接問妳好了：妳與這事無關，爲什麼要調查？」

「很簡單，我想知道樹屋裡那樹妖是怎麼一回事。蕭大年之前的兩個女友意外身亡，肯定和這樹妖有關。」

「肯定有關，可是，和妳無關。」

「沒錯。不過，我不知道這樹妖什麼時候會入侵我的生活。」

「除非妳打算和蕭大年交往，否則樹妖不可能入侵妳的生活。」

「不能這樣說。你我都有氣場，樹妖也許會對我們感興趣，把我們的氣場吸走。我不能到時才行動，否則就會太遲了。說不定，那時樹妖的能力會遠超過我能控制的範圍。很多東西，要防微杜漸，及早防範。」

23

蕭大年離開大樓後，又發現那位長得不錯的白衣女生。

即使他是教師她是學生，他還是老實不客氣把視線集中到她臉上。他是男人，是視覺型的動物，況且他是以視覺藝術維生，欣賞美好的事物理所當然。

他在校園裡見過她好幾次，五官標緻，長髮飄逸，打扮清純，是男生喜歡的類型，也難怪有時見到好些男生跟在她後面。不過，她沒有笑容的冷漠臉孔卻教人家不敢輕舉妄動。

他當然沒有打聽她的名字，別說不合身分，他也早已心有所屬。如果他是學生而且又單身的話，也許還會考慮。

他萬萬想不到這女生會對自己打招呼。

——不，不可能是對我打招呼。

他轉過頭來，可是身邊根本沒人。

她走上前來，沒有像其他向教師表白的女生般自我介紹，沒有跟著他去教職員室，也沒邀他去餐廳吃下午茶。

在師生戀的界線愈來愈模糊、愈來愈難定義的時代，前述三樣他每年都見識過，來自外表屬於不同類型的女生，也有性向與眾不同的男生。

不過，她說的話更是出乎他意料之外。

「我知道你的未婚妻到底在哪裡。」

即使沒聽到子靈的名字，他的心還是揪了幾下。

「不就躺在醫院裡嗎？」

「不，她被困在樹屋裡。」

樹屋？這是什麼鬼女生？他沒想到居然有人能把自己與樹屋聯想在一起。

「我不知道妳在說什麼。」他強自鎮定。

「不，你知道的。」她的語氣很堅定。

他沒答話，繼續往前走，沒有停下來，盤算對方到底知道多少。

不，應該沒多少，否則早就會先發制人。對方只是試探自己，還不知道自己最大的祕密。

瑋瑋。

瑋瑋的照片不在他手機裡，只在電腦裡。他曾經想刪掉瑋瑋的所有照片，但最後還是忍著。他雖然已經很久沒看，但永遠也不會忘記瑋瑋的樣子。瑋瑋也永遠只有十六歲。

她說過希望日後進大學要唸企管，畢業後要進大公司工作，二十五歲時要結婚，三十歲時要生孩子……

一切都很有規劃，井井有條。可是她做不到。她永遠只有十六歲，無法再老。

如果時間可以重來，他希望一切都不會發生。眞的。

他繼續向前走，沒去理會那女生，免得多講多錯。

24

「他講大話。」方圓看出蕭大年沒講眞話，可是也無可奈何。她的能力不包括逼人講眞話，也許應該祈求上天賜她這種能力。

「妳指他知道子靈被困在樹屋裡？」巫眞在電話裡問。

「這倒不一定，但他知道樹屋有古怪。」

「這明顯得很。」他轉換話題說：「我想不到妳會直接去找他。」

「有問題嗎？」

「當然有。我們不是說好，等我慢慢思考怎樣接近他、怎樣開口才行動的嗎？」

「你的行動效率太慢了。」她沒好氣道。

「妳太快了，完全沒有準備。就是他想說，也會被妳嚇到。」

「你打算怎樣接近他？」

「卡內基有本書就叫《卡內基溝通與人際關係——如何贏取友誼與影響他人》（How to Win Friends and Influence People）。妳要和他做朋友後才能套話。」

「神經病！誰有興趣和他做朋友？」

「那只是心態上。」

「你到底是來查案還是交朋友？」

他一時答不出話來。她又問：「你還有和那個小莉聯絡嗎？」

「沒有，她似乎不想再理這件事。」

「這也好，我們可以按照我們的自由意志行動。」

「妳喜歡王家衛的電影嗎？」他突然改變話題。

「看得不多。我只喜歡《東邪西毒》，其他的都不知道他在幹嘛。」

「沒關係。那妳一定知道，他開拍電影以前根本連劇本就沒寫好，想到什麼就拍什麼。」

「那有什麼問題？」

「效率很低，很花錢，演員叫苦連天。就像他說要開拍《一代宗師》，結果人家拍的《葉問》一、二集和前傳都後發先至拍完和上映。」

「你跟我談王家衛幹嘛？」

「妳不覺得妳跟他一樣，想來就來，完全沒有效率。」

他還沒說完，她已掛斷電話。

——眞是兇暴的女生！脾氣像烈火般燒得旺盛。

他想起有部日本老電影叫《火宅之人》，這名字大可掛到她身上。

他本來準備擬定了一套題目去問蕭大年，一個套一個，交叉詰問，從中可查出端倪，如今全被她破壞掉。

這個叫方圓的女生到底是什麼來頭？他還沒有機會好好問她，不過就算問，恐怕她也不會答。

另外，她是怎樣拿到他的手機號碼？眞教他百思不得其解。是上網查到，還是偷看到？

幸好，如今他也取得她的手機號碼，非常公平。

25

掛上電話後，方圓仍怒火中燒。

不知道這男生是什麼構造，做事拖泥帶水，她最討厭。

要不是他救過自己，她才懶得理他。

她做事喜歡單刀直入，從正面猛攻，而不是拖拖拉拉。

這些話她才不會跟巫眞說，說了也是白說，寧願留下力氣自己去網路上調查。

蕭大年在校裡辦過展覽，除了大學畢業展外，其後又辦了三次。

網絡上有相關的圖片展，全部以樹爲主題，多是老樹。他沒有畫過安平樹屋。也許有，不過沒有拿出來示人。

樹妖。老樹。樹妖只會出自老樹。可是他和樹妖到底有什麼關係？爲什麼他的女友會一個個死去？

他爲那些女友傷心落淚看來是眞的，不是裝出來。

難道，他只知道樹屋有古怪，卻不知道樹屋裡到底有什麼古怪？

她再查他女友遇到意外的報導。除了姓名、日期、地點外，其他一點收穫也沒有。連照片也欠奉。

這些舊新聞沒有透露什麼重要情報。

她靈光一閃，如果黃子靈死去，他就是一連死了三個女友，問題的癥結不是在這幾天或者這幾年開始。

他第一個女友出意外那天天雨路滑，她過馬路時，被一輛機車撞到，在醫院躺了兩天後因嚴重內出血而死。

那時蕭大年還是大學生。報上刊登了一張小小的圖片，青澀的他哭得死去活來。

這是十年前的事。當時安平樹屋還沒有翻新，仍然是很多人口中的鬼屋，是很多小朋友去探險的地方。

蕭大年有沒有帶她去樹屋探險？應該有吧！他那麼喜歡樹，他們在樹屋裡發生過什麼事？

方圓跳到其他新聞。

蕭大年在大一時已鋒頭甚勁，得過一些全國大學生的藝術創作獎。

打扮亮麗的女記者訪問他：「你是天生就會畫嗎？」

「我一直喜歡畫，但始終無法揮灑自如。」

大三時，他第二個女友意外撞車死去，他傷心欲絕，不只延畢，還副修植物學。成大沒有植物學系，只有熱帶植物科學研究所。

「像蕭大年這麼優秀的學生，我們不希望他轉到別的大學去。」時任校長翁政義說：「我們特別情商幾個教授爲他開課，算是私人教授，以實踐我們成大重視人才、以人爲本的承諾。」

「我一直喜歡樹，希望對樹的了解不止於外觀，還有更深入的認識，好表現在作品的肌理上。」蕭大年對記者道。

從這一年開始，蕭大年的畫風變了，把樹畫得狂暴，如妖似魔，別樹一格。

「樹有十多萬種，自太古洪荒起，已經在地球上存活了超過一億年。在遠古時代，樹長得很高，是古人崇拜的對象，世界各地都有民族以樹爲神。如今在人類摧殘下，樹只能成爲路旁的裝飾，再也無法自由成長。我要表現樹在這種情況下，心靈如何被扭曲。如果樹可以思考，它們會希望怎樣表現自己?」

他爲自己畫風突變娓娓道出一番豪情壯語。方圓覺得其實根本是受女友之死打擊所影響!照此來看，每一個藝術家背後，都有一個女人爲他殞落。

愈是掩飾，愈是有不可告人的事。

她覺得他和樹屋之間，一定有什麼不可告人的祕密。只是，目前她還找不到答案。

仔細想來，那個叫巫真的男生，性格和做事的方法雖然和自己不一樣，但也許可以發揮互補作用。

26

蕭大年這天中午下課後，再也沒有見到那位神祕兮兮的女同學。

她爲什麼會找上自己？

也許她眞的懂什麼，能聆聽自己內心的鬱結。只要他把話重新包裝的話，她可以幫他，甚至，拯救他。

可是，他不知道那女同學的名字，連她是哪個系的學生也不知道。

就在他忐忑不安時，手機發出一下清脆的鳥鳴，是知更鳥的叫聲。

他拿起手機，子靈的妹妹子美又發了簡訊給他。

「晚上六點到七點，沒人看顧姊姊。」

她沒有說明原因，那也不是重點。

他不必追問原因，也不必回覆道謝。子美不喜歡來這種客套，他也不想再打擾人家。

他想見子靈好久了，自從那場車禍後，他一直沒見過她。她是昏迷不醒沒錯，不知道還受了多少皮外傷？她的容顏有沒有受到損傷？會不會因此在昏迷期間變得臃腫？

他不介意她破相，只希望她度過這次難關。

他心緒不寧，迫不及待要盡快見她，根本無法好好想事情，連書也無法好好讀進腦裡。他提早在兩點半離開學校，回家準備。

下午五點五十分，他把機車停在醫院外的另一條街後，發了封簡訊給子美。

「還有人在裡面嗎？」

他在醫院門口對面守候，順便留意動靜。

十分鐘後，仍然收不到她的回覆，卻見子靈媽獨自從醫院門口走出來，到公車站牌。

她五分鐘後上了車，他也管不了那麼多，逕自走進醫院。

他不熟悉這家醫院裡的格局，匆匆看過指示牌後，便搭電梯往三樓，轉左往西翼，加護病房區。

走廊上的人都一臉嚴肅，每人都像可以說出悲慘的故事。整個氣氛很低沉，連帶他的心情也變得很壞。

消毒藥水的氣味無處不在，像提醒他要保持警戒。子靈的家人，可不只她母親一個。

想見子靈，是他目前最迫切想做的事，遠高於解除自己身上的毒咒。

這家醫院的加護病房給病人獨立玻璃隔間，她的隔間裡沒有人。她身上接上了大小不同的儀器，監視她的各種生理指數。

他坐在床邊的椅子上，靜靜俯視他的最愛。

子靈像熟睡般昏迷不醒，就像那些二流畫家筆下的模特兒，徒有皮相，沒有靈魂。

爲什麼她會變成這個樣子？她會不會步上他前女友的後塵，最後連皮相也無法留在世上？

有誰可以救得了她？肯定不是醫師，把她變成這個樣子的，是超自然的力量，也許只有超自然的力量才可以解救她。

他是不是應該求樹屋那棵老樹放過她？

可是，他不敢接近那棵樹，它太陰森可怕。即使站在圍牆外，他心裡也爲恐懼所佔據。

要是沒有圍牆的話，他甚至不敢接近。他深怕那棵樹會像電影《魔戒》裡的樹般活動，但變得凶殘，不只連根拔起從屋裡爬出來，更用手——也就是樹根——把他攫起，塞進不知怎來的血盆大口裡，用利齒把他咬成肉碎。

他低下頭，好讓她不必移動吊了點滴的手，也可以讓他去親她的手背她的掌心。她的手掌是那麼小那麼滑，在冬天裡常常冷得要緊，他笑說她的手像冰鮮肉般，而他也很樂意用自己的手掌給她溫暖。

他再留意時間時，發現已是六點二十三分。他準備五十分時離開，這樣算來，他只剩下二十七分鐘可以留下。

他不奢求時間可以停頓變成永恆，只希望時間的流逝可以變慢，讓他陪她久一點。

也許，不是他陪她，而是她陪他。自她出事後，他就變得無所適從。她是他最愛的女人。這些女友裡，她最了解他，除了當他是藝術家外，也當他是普通人。她也是他唯一願意透露心底話的人，不怕被誤會和曲解。他和她一起成長，互相影響。有時，他覺得會有這樣的想法，只因為他們兩個認識時，心智都較為成熟，而不再是少年十五二十時。

妳同意嗎？他在心裡發問。

她當然無法回答，仍然靜靜躺著，不過，臉上好像有點笑容。

聽到身後的腳步聲後，他回過頭來，子靈的媽媽站在門口，怒氣沖沖走進來。

他馬上放開子靈的手，站起來，居高臨下注視這個矮小的女人。

他還記得，她本來很高興女兒和自己來往，認爲在大學裡工作是個沒多少出息但有穩定收入的職業，可是知道自己以前的女友都死於非命後，開始激烈反對，但爲時已晚，他和子靈已進入論及婚嫁的階段，她才不得不接受，並認爲自己的女兒是他的眞命天女，沒想到最後子靈還是敵不過身爲他女友必然沒有好下場的宿命。

「你還好意思來？」她壓低聲音道，但聽得出她的咬牙切齒。這是子靈出事後，她第一次與他說話。

「我只是想看她一眼，一眼就夠了。」他誠懇道。雙手合十。

她臉有餘慍，久久說不出一句話，含淚的眼睛可見血絲，像經歷過千迴萬轉的痛苦和哀愁。難以聯想到她是以前那個愛吃愛旅行愛看電視連續劇，打麻將一胡了就哈哈大笑的婦人。

「給我五分鐘。」他求情道，見她沒有同意，又道：「一分鐘。」

他只想再好好握著子靈的手。

子靈媽直直地注視他，眼裡湧起淚水。

「求求您，給我一分鐘。」

「一分鐘。」她說完後就別過頭。

蕭大年身子傾前鞠躬，連聲道謝後，便又回去緊握子靈的手。他腦裡除了子靈，再也想不到什麼。他多希望她在這一分鐘裡醒過來，讓奇蹟發生，好證明他的到來對子靈大有幫助，以後就有理由探望她，教她的家人無法拒絕。否則，他以後可能無法再來。

一秒一秒過去，可是她沒有要醒來的跡象。

他握著她的手先是發抖，接下來整個人在顫抖，怎也無法壓抑自己的恐懼。

一分鐘很快過去，子靈仍然沒有動靜。奇蹟並沒有發生。

黃太太沒有進來，臉上爬滿淚水。他很不願意地放開子靈的手。離開前，再向婦人鞠躬道謝。

「下次來時，可以留久一點。你對她說話，也許有幫助。」他以爲她會這樣說，不過，他聽到的是：「我不想再見到你。」

他倒抽了一口氣。他已不容於子靈的家人，除非子靈甦醒過來，不然他這輩子休想再見到她。

27

巫眞已經受夠跟蹤蕭大年了，不過，要了解蕭大年的動向，跟在他後面不失爲一個好方法，而且，這樣也許有機會碰到方圓。

蕭大年這天的活動很不尋常，和過去幾天乏味平淡規律化的生活有天壤之別。

他的第一站是去郊外一座墓園。

巫眞深怕會被發現，沒有跟隨入內去找出蕭大年拜祭的是什麼人，而是派他的密使進去。

蕭大年離開後，巫眞遠遠跟在其後，想知道這傢伙接下來要去哪裡。

蕭大年不是回家，而是去另一座墓園。

第二座墓園後，是第三座。

一口氣去三座墓園，簡直比清明掃墓還要勤勞。

可是，他爲什麼要去墓園？這不是什麼特別日子。是去拜祭家人嗎？不太可能，如果是家人的話，不可能分開在幾個不同的地方。不，有些墓園只能土葬十年，時間一過，就要遷到納骨塔。會不會是這樣？

這天他帶著一堆問號，在不同的墓園之間往來。

蕭大年看來心事重重，沒發現有人在跟蹤自己。

等蕭大年返回飯店老家後，已經差不多日落西山。

巫眞早就心急如焚，不管蕭大年接下來有什麼動作，巫眞都要盡快趕回去墓園，不是怕黑不敢在入夜後踏進墓園裡，而是他的密使只有很短暫的短期記憶，說不定第二天就會把事情忘得一乾二淨。

三座墓園位於不同的方位，無法一氣呵成。

巫眞剛才派遣密使後，已記下幾家墓園的開放時間，都是在四點半或者五點關門。

他只好先去最近的那家。

才不過下午五點多，天雖有餘光，但竟已寒風刺骨，他下車後還打了個哆嗦。

幸好方圓沒看到，否則肯定笑自己這小咖不自量力！

什麼小咖？有哪個男生敢在墓園關門後走進去？現在的男生都寧願宅在家裡！

他拉起衣領，大踏步去到墓園門口時，發現大門已經關上，幸好並沒有鎖上。

他不見守墓人，便逕自把門打開。

墓園裡有好些貓，簡直像貓樂園。有些變態會虐貓，但膽子應該還沒大到敢去墓園下手。

可是，同樣也沒有人敢去墓園餵貓。針無兩頭尖。

他很快認出哪兩隻黑貓是他的密使，便呼喚牠們過來。

野貓由於沒人飼餵，營養不良，別說身體沒家貓來得健康，就是記憶也差得多。

他依約取出食物，但告訴牠們要帶自己去剛才蕭大年拜祭過的墓碑才餵食。

幸好墓園很小，拐了幾個彎後就找到目標所在。

林明美，蕭大年第一個女友。黑白照裡的是個長得挺清秀的女生，一點也看不出如此短命。

原來蕭大年來拜祭自己的女友，可是，這天既非她生忌，也不是她死忌。

「那人來做了什麼？」他問兩貓。

「他擦乾淨墓碑，上香，自言自語了一陣。」兩隻貓正襟危坐，其中一隻用很認眞的語氣說。

「他說什麼？」他追問。

「聽不到，太小聲了。」

「連你們也聽不到？」貓的聽覺不只比人類好，甚至比狗還要好。

兩貓同時搖頭，「我們老了。」

巫眞仔細一看，兩貓的眼珠都有點白內障。

巫眞雙手合十後才離開，留下兩盒貓糧給使者。牠們咪咪地叫，很滿意這次交易。

天幕如今已是黑多於白，像個快要蓋上的盒子。他頂著逐漸變黑的天幕，趕去下一站。

六點十五分，終於趕到第二座墓園。

和上座墓園一樣，同樣不見管理員蹤影。巫眞暗暗叫好。

他的使者守在門口，像招財貓般舉手，等待他兌現承諾。

「管理員跑去偷懶，今晚不會回來。」那隻如幽靈似的白貓一邊說，一邊用舌頭舔嘴巴。

然而，大鐵門給鎖上了，他可不像貓般可以從鐵柱間的隙縫鑽過去。

這鐵門大概只有兩公尺高，他好不容易翻過去後，把手機的光線射到地上，免得照上墓碑。與其說怕，倒不如說是一種禮貌。

換了是人，也不想晚上走路時被人用手電筒的大光照臉吧！

白貓走得很慢，好讓他可以跟上來。

其他貓則像鬼魅般注視他，一雙雙貓眼在暗處像放電似地注視自己。那種不懷好意的眼光，即使熟悉貓的他也不禁感到畏怯，深怕群貓會突然撲出發動襲擊。

他忐忑不安地走了五分鐘後，終於在一個叫馬家慧的女子墓碑前停步。

巫眞記得她是蕭大年在林明美和黃子靈之間的女友，也是死於非命：騎機車時，不知怎樣被摔出來，被後面的車撞倒，當場斃命。

今天也不是她的生忌或者死忌。

他沒有仔細研究馬家慧的照片，不想讓另一個因意外而離世的女子教自己心情低落。

「那男人來做什麼？」他問。

「抹墓碑和上香。」白貓簡短回答。

「他有說什麼嗎？」

「他怎會對我說話？」

「當然不是對你，而是對墓碑。」

「你要說清楚嘛！他一直說對不起對不起。」

剛才他對林明美說的，應該也是這三個字吧！可是意義一點也不明確，原因可能是他把不幸帶給她們，或者把她們殺了而懊悔。

「還有沒有別的？」他問。

「沒有了。」白貓學人類般搖頭。

林明美和馬家慧已化作黃土，黃子靈躺在醫院。蕭大年的三個女友下落都找到了，第三座墓園裡埋的是誰？

他一如剛才般雙手合十後離開，爬出墓園後竟因心急而摔了一跤，跌個狗吃屎。

「沒事吧！」白貓上前安慰他。

「放心，沒事。」他拍走手掌和衣上的泥巴，慶幸不是在墓園裡跌倒，否則就很不吉利。

「貓糧呢？」牠追上來問。

「不好意思，差點忘了。」他連聲道歉。

「你們人類就是這樣，以爲我們記憶力沒你們好，就意圖欺騙。」

「不，我是眞的忘了。」

他放下雙倍的貓糧賠罪。

趕到第三座墓園時，已是七點多，天色全黑，雲層很厚，無月無星。風聲在他耳邊呼呼作響，如鬼哭神嚎，彷彿一回頭，就會發現背後竟然有不應該出現的……

墓園的大門被鎖上了，是上中下三個重甸甸巴掌大的鋼鎖頭，每個上面都貼了符咒。

在鐵門後面的山頭縈繞飄動的，不知是霧氣還是別的，總之教人無法一眼看穿。

今天早上怎會想到夜探墓園是如此驚心動魄！

守墓人盡忠職守，坐在四四方方的小屋裡，在昏黃燈光下靜靜讀報。

有守墓人的墓場，一定不簡單，這是常識。

巫眞讀過的恐怖小說都不約而同提及這一點。這些守墓人身上的經歷大概夠一大票作家寫出一個又一個書系來。

巫眞踏入屋裡，守墓人是個六十開外的禿頭老伯，一雙眼睛稍微抬起來向自己這邊掃了一眼後，便又回復本來的角度。

「關門了。明天請早。」他冷漠道。

「不好意思，我趕時間，明天一早要出國。」巫眞忙掰出藉口。他的使者是隻灰毛貓，年紀偏大，坐在不遠處候命。

「嗯，原來是孝子賢孫。你要找的是哪一位？」老伯沒有抬頭。

「林明美。」巫眞隨便掰了一個名字。

「沒這人。」老伯想也沒想便道。

「那是她在我們家裡的名字，在墓碑上刻的是另一個名字。不過我忘了。」巫眞在路上早已料到有此一問，也準備了答案。

「在哪個位置？」老伯的頭仍沒抬起來。

「從門口的大路直走，在第一個分岔路向左轉，右手邊第三個就是。」

「嗯，說得不錯。」老伯斜睨巫眞，「你也挺有急才。」

被看穿了嗎？巫眞沒想到怎樣補救，老伯又說：「好吧，你進去吧。」

巫眞不知老伯怎會特別開恩，「謝謝！」

「但那隻貓不可以。」老伯冷冷道。

老伯的話讓巫眞一顆心幾乎從嘴巴跳出來。

「那是墓園裡的貓，不是我帶來的。」巫眞忙解釋。

老伯舉頭和他四目對視時，巫眞有一陣觸電的感覺。

「我知道。你和那貓是不是有什麼協議？」老伯語氣平淡道。

「你怎知道？」巫眞不禁衝口而出問。

「你以爲只有你才有那種能力嗎？」

巫眞大氣也不敢透一口，原來這老伯也是同類。能在墓園做守墓人，果然不簡單。

老伯站了起來，一臉嚴肅盯著自己，教巫眞渾身不自在。

老伯身上沒有氣，到底是很微弱，或者能把自己的氣收放自如，巫眞無從得知。

如果是後者，就比方圓厲害得多，簡直是世外高人。

「如果你讓我們進去，我日後會回報你。」巫眞懇求道。

「我怎能相信你會回報我？」老伯咧開嘴，露出缺了一顆門牙的空隙。

巫眞放下背包，展示裡面的貓糧。

「即使幫我的只是貓，我也會守信回報牠們，更何況是人？」

老伯上下打量巫眞，最後道：「你可叫我林伯。我可以讓你和那貓進去，不過，你這樣就欠我一個人情。」

「林伯，我一定會還的。我叫巫眞。」巫眞伸出手，卻被林伯拒絕。

「你不應該和一個墓園管理人握手，走吧！快點出來，這墓園你別留太久。」林伯揚手。

「有什麼嗎？」巫眞擔心地問。

「墓園不是遊樂場，總之速去速回。」林伯繼續揚手，站了起來。

巫眞退出後，仍不敢鬆一口氣。

林伯把鎖頭上的黃符取下後，再用鑰匙一一打開，把鐵門輕輕推出剛好夠一個人通過的大小後，灰貓便開始狂奔，幾乎忘了巫眞在後面。

「等我。」巫眞急急追上去。老人和貓有時都很自我。

幸好灰貓聽到他的呼喚，終於放慢腳步。

墓園比巫眞想像中大得多，不是只有山腰，而是幾乎佔滿整片山頭。難怪剛才蕭大年花了很久的時間才出來。

巫眞隨灰貓上山左轉右拐，九曲十三彎，一層轉上一層後，已經不知身在何方，除了提防一不小心就會踏到人家的墳上，還要注意別跌空掉到下一排底下。

「我忘了是哪一個？」灰貓最後停下腳步時，左顧右盼，到處張望。

「什麼？」巫眞瞪大雙眼。

「你太久才回來了，我哪記得那麼久？年紀大了。你明天來的話，說不定我連你是誰也忘了。」

「你現在也好不了多少。」巫眞只悔恨自己千不挑萬不挑挑了老貓出來做密使。不過，剛才願意理他的貓也只有這一隻。

「現在還好。我記得是這四個裡其中一個。」

巫眞用手電筒照向灰貓用長尾逐一指去的四塊相連墓碑。

三女一男。

陳子浩。男。

周瑋瑋。女。

劉漢華。女。

趙子妍。女。

四人都擺出笑容，雖然各有不同，但看來都像是前途一片光明、準備在社會上大展拳腳的大好青年。他們會找到人生的另一半，各自組織家庭、養兒育女，最後安享晚年，弄孫爲樂，而不是提早離場，在這裡比鄰而居，只能等家人不定期前來拜祭，在自己肉體消逝的世界裡度過餘生。

四座墓前都沒有插香，也沒有哪一個墓碑的照片被擦得乾乾淨淨。

顯然，蕭大年故意不留下痕跡。

現在沒有一點蛛絲馬跡。灰貓無法攤開手表示無奈，只是繼續蹲在他旁邊，示意愛莫能助。

他不打算留在這裡度過一整夜去推敲，便取出手機，準備拍下四塊墓碑上的照片好回去再做調查。

就在他瞄準陳子浩快要按下快門時，才發現有什麼不妥，連忙關掉攝影程式，轉而開啓筆記本，把四人的姓名、父母名稱、籍貫、出生和往生的年月日等資料都一一抄下。抄完還要再對一遍以免抄錯。

這個周瑋瑋只有往生年份，沒有日期？

他管不了，回去再研究。

離開前，向四人一一合十。

「謝謝你幫忙。」他也不忘向灰貓道謝。

「小意思。」灰貓答，走時一拐一拐的。

「你沒事嗎？」

「剛才好像拉傷了腿。年紀大了就是這個樣子。」

巫眞停下腳步，把牠抱起來，回到墓園門口時，才把牠放下來，第一時間去小屋找林伯。

老人仍在讀報。

「找到嗎？」

「算是吧！謝謝你。」巫眞沒打算把情況從頭到尾說一遍，免生枝節，「我會答謝你的。」

「等解決了你的大問題後，再來答謝我也不遲。」

林伯沒有抬頭，仍然注視前方，彷彿身前不是一面灰牆一份報紙，而是一片漂亮得教人目不轉睛的湖光山色，百鳥齊飛，或一片廣闊無際的草原，萬馬奔騰。

「如果每個人都互相幫助，裡面也不會有那麼多冤魂。」林伯語重心長道。

巫眞告別林伯，準備把貓糧送給灰貓時，卻發現牠不見了。舉目四顧，仍然不見牠的蹤影。

本來他大可一走了之，但始終覺得不妥，便隨便找了隻白貓來問。

「你說那老頭，大概在老地方，你跟我來吧！」白貓神氣地道，帶巫眞去到離門口不遠的樹底下。

灰貓正睡得香酣，在巫眞蹲下來時才睜大眼睛。

巫眞放下貓糧，輕聲道：「謝謝！」

「謝什麼？」灰貓問，一臉茫然的表情可不是裝的。

「你不記得我了嗎？」

「我見過你嗎？不好意思，貓老了，記憶就不好，這腿也不知怎地竟有點痛。」

巫眞和這貓雖才新相識，但想起牠剛才精神還不錯，如今卻已不知道自己的腿是爲人類引路而拉傷，心裡湧起一陣悲涼。

他從背包拿出貓糧，拉開罐頭，放下。

「送給你的。」

「爲什麼？」

「不爲什麼。」

「那謝謝囉！」灰貓說完，老實不客氣地大快朵頤。

要不是貓喜歡一直住在同一個地方，他很想帶牠回家。

他蹲下在灰貓旁邊，看著牠吃完後才心滿意足離開。

28

「這四個名字我都沒有印象。」小莉在電話裡說：「不好意思，我已經沒錢再付給你了。」

「我不收妳錢。」巫眞沒好氣地說，這幾天他可眞累死了。

「不收錢？你哪來的錢去買電影看？」

「妳不覺得現實比電影更離奇嗎？」

「沒錯，但我不想再看下去，即使是免費。」

「哦，妳不再關心她了嗎？」

「她是我最好的朋友，我會繼續給她打氣，可是這事太邪門了，我很害怕。」

「其實也沒什麼好怕。」

「對你來說也許是，但對我來說，上次見到的已經是我的底線。我一直告訴自己不是眞的。不好意思，我還要改作業。」

「我有什麼發現再告訴妳。」

「不用了。掰。」她掛上電話。

巫眞不感意外。客戶不願意再成爲客戶，小莉不是第一個，也不會是最後一個。

現實有時不容易爲人接受。在非常恐怖和邪惡的現實面前，很多人寧願做逃兵。

群貓坐在四面八方圍著他，像在看他這部大戲怎樣演下去。

他坐在自家沙發上，仔細研究這四個人的死亡日期。

周瑋瑋只有死亡的年份，但沒有日期。

此外，周瑋瑋的死亡年份，和其他三人也不一樣，相差了七年，非常突兀。

他以爲墓園是按區開放，因爲死者的死亡年份很接近，所以周瑋瑋可能是後來才搬進來。可是，爲什麼她的死亡日期只有年份？

周瑋瑋和蕭大年是同一年出生，死亡那年是十六歲，是高中生的年紀。

他們是同學嗎？

周瑋瑋是什麼樣子？他沒看清楚，沒有什麼印象。

以他的標準來說，就是非常平庸。

這樣說對死者很不好，但男人畢竟是視覺的動物，所以面對正妹時會口齒不靈，有時吵架時更罵不還口，打不還手。

他上網去搜尋周瑋瑋，沒有結果。畢竟，她已經死了十多年，相關新聞已刪除，她也日漸被人遺忘。

他再次致電小莉想查詢時，她居然不接電話。

她的「最好的朋友」，只是說說而已。

其實，找小莉作用不大。她對蕭大年的過去所知不多。除了蕭大年的家人以外，對他最熟悉的是子靈，可是她已無法答話。

周瑋瑋和蕭大年很有可能是高中同學，唯一答案就在他們同學的記憶裡。這會是他的調查方向。

調查？這是一個客戶已經逃掉拒絕認領的案子，反而他扮演偵探的角色執迷不悟，不願放手。

要是所有人都對與一己無關的事完全冷漠，這會是個怎樣的世界？

他明天可以致電給那家高中查詢，不過，要怎樣的開場白才能讓對方願意開口像錄音機般自動播放，而不是給自己吃閉門羹？

他開啓手機裡的電話簿，找到方圓的手機號碼，她的橫衝直撞也許可以發揮作用。

只是他沒有如簧之舌可以叫她幫忙。

也許，只要把事實直說就行。他讓開場白在腦海裡順順利利走了幾遍後，終於鼓起勇氣按下通話鍵。

電話響了三聲後，她接聽：「什麼事？」一如以往的簡潔。她亮麗的外表馬上浮現眼前。

「我查到……」他用最精簡的方法把剛才的發現給她講了一遍。

「她和他很有可能是唸同一間高中，難道你看不出來？」她問。

「這我當然知道。不過……」

「不過什麼？嗯，我明白了。」

「妳明白？」

「我明天早上打過去。」

「眞是聰明。」他不禁讚道：「謝謝！」

「我也要謝謝你。」她出乎意料地說。

「爲什麼要謝我？」

「你告訴我的是我找不到的情報。」

他有點不好意，「分工合作嘛！」

「希望我明天可以給你好消息。」

他很高興聽到她這樣說。她對他的語氣怎麼不一樣了？難道她的氣場強弱又有變化？可惜他無法透過電話探測。如果是的話，就可以得出她脾氣受氣場強弱左右的結論。

既然今天萬事皆順，他大著膽子問：「要不要去吃宵夜？」

「我和你只談公事。」言下之意清楚不過。

「我就是和妳一邊吃宵夜，一邊談公事。」

「怎麼你把妹時的口才好那麼多？」

他當下語塞，不知怎樣回答。

「等你的氣場比我大時，再約我去吃宵夜吧！」

「換句話說，是等妳的氣場變弱時。」

「暫時變弱的不算，而且，我不會讓你知道。」

「恕我斗膽問一句，妳的氣場變化是不是有週期，像小紅一樣？」

「你去死吧！」她掛上電話。

29

早上十點，天清氣朗。她踏進這所高中時，並沒有想起自己的校園生活。她的高中時代過得並不快樂，她喜歡獨處，但學校重視團體。

她沒有朋友，長期被人排擠。在廁格裡偶爾會被人從上面倒水下來，害她渾身濕透，教官安慰她的話就是「還好人家不是給妳淋屎尿」。

即使高中給她種種不快的回憶，但她這天還是不得不親自來訪。

她不喜歡透過電話調查。電話最偉大之處，不只可以讓人遠距離通話，還可以讓人在聊天時安全無虞地掩飾自己的意圖、謊言和恐懼。

最邪惡的人，在電話上也可以表現得像聖人。

所以，詐騙集團喜歡用電話來作溝通管道。

校工見她走進來時，並沒有叫她留步或者詢問來意，大概以爲是來面試。

她到學務處表明來意：「我有個親戚曾經在這裡唸書，但在十幾年前過世，我想找回她的一些往事。」

與其去詢問周瑋瑋是不是這裡的學生，不如索性假設她是已離世的舊生，這樣入手比較容易獲得人家的幫忙。

坐在她面前的是個二十來歲的眼鏡女生，手上還抓著筆沒有放下，半晌後才反應過來。

「我幫妳問問。」她動身去問另一個年紀大得多的女人。

那女人放下手上的工作，慢慢走過來，用很有感情的語氣道：「我姓黃，可以幫妳忙。如果要找的是很久以前的舊生，我們的資料未必齊全。那些老師就算沒退休，也很有可能記不起來。」

方圓覺得欺騙人家感情是不對，但自問不是詐騙集團，只是想找出真相，而這真相也許可以救子靈的命。

「我親戚年紀不是很大，是十幾年前才在這裡唸書。」

「哦，這——」黃女士不知怎樣接下去，眼鏡小姐也抬起頭來。

「我的親戚遇到意外，在很年輕時就過世。」

方圓不知道周瑋瑋的真正死因，目前只好先套話。

「真不好意思。原來……」黃女士一臉誠懇，「真的很遺憾。」

聽到這句話時，方圓爲自己欺騙人家的感情而生出罪惡感。

「她叫周瑋瑋。」

「瑋瑋？」黃女士唸唸有辭，「我好像有點印象。不過，年紀大了，記憶力實在比不上年輕時。」

眼鏡小姐理所當然一頭霧水。

方圓覺得自己押對了，周瑋瑋果然和蕭大年是高中同學。

黃女士去問另一位年紀看來也很大的女士，這時另一位頭髮開始斑白的男人也把頭探過去，方圓一看動作就知道他很八卦，程度不下三姑六婆。

三個人，一男二女，七嘴八舌討論。方圓聽不到他們的談話內容，只見六片嘴唇一張一闔，以爲只會談頂多兩、三分鐘，豈料他們談了快十幾分。

黃女士回來時說：

「我沒記錯，周瑋瑋是失蹤多年而被宣告死亡的，這事鬧得很大，上過媒體，不過，現在應該很多人都忘了。」

方圓想起巫貞說，周瑋瑋沒有準確的死亡日期，墓碑也不是和其他同期死亡的人一起放置，想來原因很簡單：她是在失蹤多年後，才被宣布死亡。

30

「這個就是周瑋瑋，妳應該認得出吧！我反而認不出來，年紀大，記性就差了。」

張老師指著校刊上的照片。她白髮比黑髮要多，眼角的皺摺一層壓著一層。

「每年開課時，我就像帶一群小孩子去旅行，一邊走，一邊講解他們看到的是什麼，教他們怎樣欣賞沿途的風景，不要被其他猛獸抓去。那一年，有個小孩突然不見了。接下來有好幾年我都忘不了她的臉，甚至連夢中也會見到她，希望她有一天可以回來上課。」

張老師的聲音有點哽咽，「妳這麼年輕，應該對她沒有多少印象吧。」

「我們在很小的時候見過。我只記得她是個大姊姊。」方圓深知自己不擅長演感情戲，所以撒了這樣的謊，「在我心目中，她永遠是大姊姊。」

張老師抓了張紙巾來拭淚，「她在班上本來是不起眼的同學，成績一般，對師長也不是特別有禮。人都走了這麼多年，我也不怕說實話。有些老師也是在她出事後才發現有這麼一個學生。」

方圓把那本校刊拉過來，照片裡的周瑋瑋站在最後排，長得很平凡，是那種在路上走，男生會當成透明人看待的女生。

「這班上還有什麼人我可以聯絡的？」方圓的眼睛已瞄向照片底下的學生名字。

「說眞的我實在記不起來，我經常把不同屆的學生搞混。很多同學畢業後都上了台北，就是回到台南也很少回母校。」

方圓找到蕭大年的名字。

「原來那個蕭大年和瑋瑋姊姊竟然是同學。」方圓不無試探地說。

「是嗎？他是例外。幾乎每年都會回來演講，給他學弟妹分享人生經驗，鼓舞他們發奮向上，算是傑出校友。」

「蕭大年和瑋瑋姊姊感情好嗎？」方圓再試探。

「印象中，瑋瑋不是受男同學歡迎的類型。」

「蕭大年那時也不見得很帥吧！」

方圓指出照片裡一個很瘦很瘦、長得不怎麼樣的男生，雖然還沒資格拍《醜男大翻身》，但和現在會打扮的型男實在有天壤之別。

「蕭大年當年已經很上進，不像別人一直在學校裡談戀愛。」

「他兩個女友都遇上意外身亡，不知您聽說過嗎？」方圓說。

「是嗎？」張老師大驚。「這眞是很不幸。他現在怎樣了？」

「不知道。」

「不過，妳怎會認識蕭大年的？妳不是本地人吧？」

「我在台北也聽過他名字，他挺有名的。」

方圓覺得要知道的都問清楚了。蕭大年和周瑋瑋是同班，加上周瑋瑋失蹤，已經是大發現，恐怕連那個彭小莉也不知曉。

完成任務後就要盡快離開，對方再追問的話自己就答不上來了。

「這一頁可以影印一張給我嗎？」

31

巫眞在家裡看書時，突然感到一股氣場出現，當然是方圓的，接下來飄進的是她的香味，最後出現的是她的身影。

他要好好掩飾自己的神魂顚倒。沒料到閤上書時，還是忘了把書籤夾回去。家裡的貓咪似乎已經接受了她，再也沒有出現大逃亡的情況。

她坐下來，用一貫的簡短方式報告了自己的發現後，他興奮得握拳。

「天啊！眞是很勁爆的發現！妳眞厲害！」

她沒有得意洋洋，仍然心平氣和道：「因蕭大年而遇到不幸的女生，不是三個，而是四個。也許還不只。」

「只有這個周瑋瑋不是遇到交通意外，而是失蹤。說到失蹤，我想起一件事。在樹屋裡，有貓告訴我，牠們是不進樹屋裡的，因爲有些幼貓進去後，就再也沒有出來。這也算是失蹤吧！」

「你在暗示說周瑋瑋是進了樹屋後再也沒有出來？她可不是小貓。」

他站了起來，把書放回書架上，「如果不是這樣，蕭大年和樹屋要怎樣扯上關係？」

「你認為他是因為和樹屋有了關聯，所以才開始喜歡畫樹？」

「沒錯。子靈遇到意外後，蕭大年除了去墓園，還去樹屋。這表示什麼？樹屋在他心目裡，是另一座墓園，那裡埋葬了他的女朋友。」

「張老師說他們沒有交往。」方圓提醒道。

「在某些老師眼中，優秀的學生不談戀愛，沒有七情六慾，只會乖乖唸書，最好連上廁所時也是拿課本進去，但要留意別不小心把紙頁撕下來擦屁股。」

他以為她會哈哈大笑，沒想到她仍然一臉冷漠。

「妳怎麼不願意笑？笑一笑吧！」

她堆出敷衍的笑容。

他把周瑋瑋放大過的照片拿過來看。

「我承認這周瑋瑋長得不怎麼高明，看不出蕭大年看上她哪一點。我不會說愛情是盲目的，她也許有吸引他的地方，只是我們不知道。」

「你咬定他們是情侶關係？」方圓問。

「百分之九十。那妳覺得呢？」

「不知道，所以，我打算去問他。」

「問他？他怎麼會老實回答妳。」

「現在是直接正面攻擊的時候。說不定，他終於找到情感的出口，會主動把我們不知道的事如實相告。」

巫眞眞正佩服方圓的地方，就是她做事簡單直接。要是她喜歡上男生，也必然會直接告白，絕不拐彎抹角。

可見她來找自己，只是爲了辦案，爲了伸張正義，而不是對自己感興趣。調查結束後，她就不會再找自己。

要是調查沒有發現，說不定她會一直過來。也許這樣可以日久生情，但也有可能只不過是在折磨自己，要天天面對一個始終不會愛上自己的女生。

金婆婆說他有桃花運，看來並不正確。看著方圓，他不只有心動的感覺，也感到失落。

32

下午五點半，蕭大年望向窗口，覺得天黑得愈來愈早，而他的心情也愈來愈差。

先別說子靈什麼時候會醒來，她很可能一輩子都不會醒來，而自己也很可能一輩子都無法再見她。

唯一可能，就是她醒過來，可是機會微乎其微。

其實，她不像他之前的女友般遇到意外死去，已是不幸中之大幸。或者說，這種植物人的狀態其實是更大的不幸？

那天他去墓園向前女友們請求她們在天之靈庇保子靈早日醒來，看來作用不大，充其量只是撫慰自己的心靈。

他和子靈到底能否有好的結果？他攤開手掌看，有人說一個人的命運全寫在手掌上，端視看不看得懂。他不會看，只知道自己有一點異於常人。

「原來你的兩根尾指，都很不自然地向內彎曲。」子靈第一次看過他的手掌後就發現。

「一出生就是這樣。普遍嗎？」

「我不知道，我沒認識的朋友是這樣的。你父母也是這樣嗎？」

「不，他們的尾指都很正常。」

「那你就很不正常了。」

「什麼意思？」他的心跳猛然加速，怕被她發現心裡的祕密。

「我沒記錯的話，尾指彎曲有特別含義。如果向外彎，表示這人無法待在家裡，一天到晚都要往外跑；如果向裡面彎的話，像你，就是非常內向，喜歡關在家裡不願出門，也不願向人家透露心事。」

「不對啊！我很多事情都跟妳說。」

「對，只跟我說。」

如今他再沒有可傾訴的對象。一念及此，他已沒有心情留在研究室裡，收拾了桌面後，便提起背包離開。

在研究所附近，終於又碰到那位女同學。

說是終於，因爲他覺得她一定會再來找自己。

她今天穿的不是白衣，而是墨綠色的上衣，配上褐色裙子，腳踏咖啡色鞋子，搭配起來就像是一棵植物的顏色，上面是葉，中間是莖，下面是泥土。

她今天也不是一個人來，身邊有個男生，身材高眺，長得算是俊朗，卻有點慵懶感，表情像貓，年紀和她差不多，看來是男朋友，挺配的。不過，他看來一點也不像是本校學生，蕭大年覺得不知在什麼地方見過他。

「你們是來找我的吧！」蕭大年主動出擊，難得兩人都沒被嚇倒，而且自我介紹報上名來。

「我們想問你一個人。」叫方圓的女同學開門見山道。

「誰？」

「周瑋瑋。」

他一聽腳步就軟了。他們知道了！他們知道多少？

「爲什麼你們要知道？」

「爲了你的未婚妻黃子靈小姐，」方圓繼續道：「我們可以找個地方慢慢說嗎？」

他們看來沒有敵意，甚至像要幫自己。

「我帶你們去教師餐廳。」

他邊走邊思考下一步該怎麼走。這一天總要來臨，終於來臨。他算是期待已久。每一次女友遇到意外時，他都覺得近了，沒想到一拖就是幾年。

教師餐廳裡的人挺多。有些教師會帶另一半來，有些教師會帶孩子來。唯一不會來的教師，就是和自己的學生展開師生戀那種。不管社會風氣怎樣改變，他們都要躲起來，像吸血殭屍般不容於人世。

他們坐下點了飲料後，方圓又發動攻勢。

「周瑋瑋失蹤時，是和你交往嗎？」

「不，我們的交情很好，但不是交往。」

「她失蹤和你有關嗎？」

這題目比較棘手，沒想到她會直接攻堅。他馬上反問：「什麼叫有關？她失蹤與我無關。」

她繼續逼問：「不如這樣問比較好，你和她去過安平樹屋嗎？」

蕭大年沒想到她一出手就是毫不拐彎抹角地單刀直入，即使知道有被發現的一天，也有點措手不及。

他本來還想掰個藉口，不過，她那雙睜得圓圓大大的眼睛好像可以識破他的謊言。

「去過。」他決定講真話。

「她進去後再沒有出來？」她繼續追問。

蕭大年的心怦怦亂跳，再次點頭。

她和那個叫巫貞的男生對望了一眼時，男的倒抽了一口氣，問：「你知道樹屋裡有惡魔嗎？」

蕭大年說：「我不知道是不是真的有惡魔，只知道她進去以後沒再出來，也許，除了惡魔外，我找不到別的解釋。」

「她說過想離家出走嗎？」

「沒有。」

「你們怎會進去樹屋？」方圓發問。

「她喜歡冒險——」

「看不出來啊！」巫貞道。

「沒錯。她表面看來是乖乖牌，其實很反叛，很壓抑，這點和我很像。你看我，不會想到我畫的樹非常狂野吧！」

巫眞和方圓互望了一眼後，道：「這我們都理解，壓抑愈大，表現出來的反差也愈大。」

「沒錯。我們那時常到處玩，她喜歡遊文化古蹟，特別是安平一帶的地方。那天剛考完試，她雖然盡了力，但成績不理想，心煩意亂，想在沒有旁人打擾的情況下和我聊天，於是我們偷偷爬進安平樹屋裡。我們聊了很多，聊到日後想進大學唸什麼科系，日後想要找什麼工作，甚至還要找怎樣的對象。就是年輕人愛聊的話題。本來一切相安無事，她突然提議要玩捉迷藏，而且要在晚上玩才夠刺激。」

巫眞打了個顫。在安平樹屋玩捉迷藏確是有趣，裡面有太多好玩的機關了，不過，只限白天。要是在晚上，單是想像那些樹根在夜裡的模樣，加上風吹葉搖的聲響，已經夠陰森可怕。

「她滿大膽的吧！」方圓用沒有表情的語氣逼問道。

「她的膽子比我還大。我稍微猶豫時，她已經取笑我了，結果我決定陪她玩。連續三回合，都是我躲她找。到第四回合，終於到她躲起來。」

「你找不到她。」巫眞說。

「不，我找到她，我還記得她躺在地上。下一回合，她蹲下來，躲在一堆樹根之間，也被我發現。她很不甘心，說她已經找到一個很隱蔽的地方，接下來我一定找不到她。果然，接下來我怎麼也找不到她，甚至，永遠失去她。」

「當時樹屋的情況怎樣？」方圓問。

「比現在糟得多，沒有木棧道，沒有階梯，沒有水車，十分破落，眞的和鬼屋一樣。」

「除了你們以外，還有其他人嗎？」巫眞問。

「沒有。你懷疑可能有逃犯或什麼人躲在裡面，被瑋瑋發現了，所以殺她滅口？當然不會。如果有的話，爲什麼不連我也殺掉？我也會報警啊！」

「說得沒錯，很有道理。」巫眞點頭。

「那你爲什麼不報警？」方圓問。

「我以爲她只是鬧著玩。」

「可是躲著不出來很怪。」巫眞道。

「她本來就是怪咖。我理解她的想法，要是她自己走出來的話，我就知道她躲在什麼地方。」

巫眞認識這種女生，也覺得有理，「那你可以到門口，大聲呼喊叫她出來。」

「我有。可是你們別看她好像一本正經的樣子，其實很愛捉弄人。她可能故意要我焦急，所以才躲起來。」

「所以你就一走了之？」方圓冷冷問。

「不，我騎上自己的腳踏車後，躲在外面偷看。等了一個多小時也不見她出來，我才想起她去樹屋，也許想一個人靜靜獨處過一夜。於是，我就離開了。」

「那她怎走？」巫眞問。

「當然是騎腳踏車。」

「可是你怎麼放心她在樹屋裡過一夜？」

「有什麼不放心？樹屋裡又沒有別人。」

「你不怕她遇到意外？」

「這我倒沒想過。直到第二天早上醒來時，我打電話找她，發現她還沒有回家，才覺得她可能出了意外。」

「這時你可以報警了吧！」方圓問。

「我在學校是好學生，但成績很不穩，沒有把握進心儀的大學。當時的校長正打算爲我寫推薦信，好保送我進大學，而且，還能免學費。要是那時候橫生變卦，也許就……」

蕭大年沒再說下去，黯然神傷。

「你連朋友的性命也不顧，很自私啊！」巫眞瞄到方圓一臉厭惡。爲求自保，寧願放棄一個「友達以上，戀人未滿」的女性友人，行爲很卑劣。難怪要千方百計不讓人家知道眞相。

蕭大年的頭向前深深一沉，久久抬不起來。

「我知道自己很不對，罪該萬死。這麼多年來，我一直備受折磨。」

「那你好意思去結交一個個女友？」巫眞詰問。

蕭大年抬起頭來時，臉上很是懊悔。

「我無法抗拒和其他女性交往，也希望透過善待其他女人來彌補罪惡感。」

「可是你的女友一個個都遇上意外，難道你不覺得是她遇害後變鬼報復嗎？」巫眞問。

「她根本不是我害的。我要問的是：爲什麼她會失蹤？樹屋裡有什麼古怪？所以，我開始對老樹感興趣，研究那些古樹的傳說，看那些樹會不會成精變妖。」

「那你覺得成精了沒有？」巫眞沒打算把眞相相告。

「我不肯定。不過，如果有這麼一個樹妖的話，我看它吃了瑋瑋後，接下來我交的每一個女友，它都沒有放過。」

「看來沒錯，可是，爲什麼要針對你？」巫眞問。

「我不知道。畢竟德記洋行在台南也有上百年歷史。也許我祖上有什麼人得罪了那老樹，結果它就找我報復。這只是我的猜測，到底眞相是不是這樣，我也許永遠找不到答案。」

巫眞覺得這說法匪夷所思，很扯。「妳覺得怎樣？」他問方圓。

「不好意思，我心眼比較壞，周瑋瑋遇害時是不是懷有身孕？」方圓直視蕭大年雙眼，像要扯出他的靈魂來。

巫眞沒料到她會有此突兀的一問。

蕭大年沒有迴避方圓的目光，「別懷疑我，我和她沒有親密關係。她和其他人也不見得有。她一家都是很虔誠的教徒，我不認爲她會接受婚前性行爲。」

巫眞不知道蕭大年這句話是眞是假，只好注視方圓。

「我暫時沒其他問題了。」她用律師的口吻道。

「你們覺得爲什麼我愛的女人會接二連三遇到意外？」蕭大年反問他們。

「也許正如你所說，你的祖上有人和那樹有什麼過節。」方圓說。巫眞以和她相處的經驗，知道她只是在敷衍他，她心裡一定有別的想法。

「你們可以幫我嗎？」蕭大年問，語氣誠懇，近乎乞憐。

「怎樣幫？」巫眞問。

「救子靈。」蕭大年答。

「我們本來就有這打算。」巫眞說。

33

告別了蕭大年後，巫眞和方圓隨放學的人潮離開校園，「他有如實相告嗎？」

「應該……有吧。」她有點結巴。

「什麼叫應該有？妳不是一向能識破人家的謊話嗎？」

「這次我不敢肯定。不過，他起碼承認自己犯了一個很嚴重的過錯。這很不容易。」

「對。」

「他剛才提到自己要高中校長保送他進大學，好免繳學費。可是，他不是飯店的大少爺嗎？」

「也許當時的飯店財務陷入困境。」

「連供一個孩子去唸大學也不行嗎？我覺得裡面大有文章。」

「妳有什麼想法？」

「去飯店找老職員套話。」

「假冒記者是犯法的，」他想起她的模樣，「而且妳也不像，太年輕了吧。」

「你說什麼鬼話？我沒說要假冒。」

「那妳怎麼問？」

「我可以說是在做學校的功課。」

「飯店的人沒有教師那麼好騙。如果蕭大年出現，就會馬上揭穿妳的真面目。」

「我會挑他上課的時間過去。」

「他們也許會叫妳留下聯絡電話，等負責人回來聯絡妳，結果和妳對上的還是蕭大年。」

「我可以留綽號。你別想太多，好嗎？」

「這是情境模擬，妳必須準備充足。」

「我可以隨機應變。世界上永遠有突發事件，應變能力才最重要。如果什麼都怕，就什麼都不要做好了。」方圓眯起眼，「我去查飯店的歷史，那你做什麼？」

「我嗎？」巫真不自覺伸手搔耳後，「我在家運籌帷幄，決戰千里。」

「打什麼嘴砲，你想在家等消息吧！」

「被妳發現了。」

「你去追查樹妖的故事。」

「怎查?問台南市政府還是德記洋行?」

「用你的組織能力呀!還是你想和我交換去飯店套料?」

他無法想像自己大搖大擺去服務台說要見負責人,然後在旁敲側擊的情況下查出他們飯店的歷史。他不是不能隨機應變,而是不習慣在沒有準備的情況下行動。

「我去查樹屋好了,妖怪似乎比較好對付。」

她不禁失笑。他覺得她今天的心情算好。

兩人走到她機車前。她打開後座,取出安全帽,戴上後,煞有其事拉起安全帽前罩,道:「小心點!」

「我會的。」他好想上前抱一抱她,但最後還是按捺下去。他開始懷疑她冷冰冰地對待自己,其實是一種掩飾。

他沒說的是,只要她在身邊,即使面對妖怪也可以很幸福。

34

以前的人認爲，只要把妖殺掉就一了百了，可是，那也許很費力。比較妥善的方法是，跟妖講道理來降服他們，讓妖獲得紓解。畢竟，妖也要經過六道輪迴。以現代心理學的觀點，這不啻就是一種心理治療。就像佛洛依德叫病人躺在病床上，聽他們說出種種怪異的夢境，然後大師給他們解夢，分析困擾他們的原因。雖然大師得出的結論多和性有關，不過，這方法本身並沒有錯。用佛家的觀點，則是叫眾生放下執著。

人和妖的處理方法，應該沒有差別。這是巫眞博覽群書的一點心得。

回到最基本的問題，那樹怎會成妖？

如果有人在樹旁死亡，常見的就是自殺，那人的鬼魂附到樹上，就成妖。特徵就是樹用不自然的方式生長，一如安平樹屋那樣。

如果有人在這樹上吊，可能是國民黨來台前，因爲年代久遠，根本沒記錄，也查不到。

他想學方圓的風格，打電話去德記洋行直接問個究竟。可是，他們會有這方面的記錄嗎？

機率應該接近零。

巫眞始終想不到有什麼方法可以找到這棵樹發生過什麼事情。

吃了午飯後，他騎機車去安平那邊，希望可以找到什麼。

他不敢走得太靠近樹屋。即使是大白天，那個夜裡的恐怖記憶仍然不斷侵擾他，提醒他樹妖的厲害。

他又看見那對感情很好的老人，兩人正牽手散步。

老婆婆走了幾步，突然停了下來，也許是腰骨痛或是風濕之類的老人病。老公公站在一旁，陪著她，然後一掌拍到她的屁股上。

巫眞不只看傻了眼，還好像聽到很響亮很結實的啪一聲。

老婆婆先是一驚，想要揮粉拳敲打老公，接下來兩人就一起吃吃笑了起來。

感情之好一如新婚燕爾。說不定，是再娶才有這麼好的感情。這年頭，很多老人喪偶後都會再娶，迎接生命的第二春。要是運氣好的話，還可以和初戀情人再續前緣，彌補「那些年」的遺憾。他還聽說過，有些小三就是靠長達半世紀的漫漫等待來扶正。

這對幸福的老人，並不知道樹屋裡的老樹已經成了妖，而且凶猛異常。要是知道的話，恐怕腳斷了也要爬著走。

老婆婆仍然站著不動，似乎是走不動。

巫眞走過去，自告奮勇道：「要不要幫忙？」

老伯伯笑道：「帥哥，我家美女的腳有點痠，腰有點痛，要休息一陣。」臉上的線條同時動起來。

老婆婆聽了，用布滿皺摺和老人斑的手拍他，「什麼我家美女!?說給人聽多笑話！」

「美女就是美女，和年齡無關啦！」老伯伯嘿嘿笑道。

巫眞見這老婆婆眉清目秀，年輕時準是個大美人。她咬字發音還特別清晰，一點也不像在地台南人，反而比較像是外省人第二代。

至於老伯伯，嘴巴眞厲害，年輕時肯定是個把妹達人，值得現在的宅男多多學習。

說實話，巫眞自忖不知道可以怎樣幫老婆婆。也許輪椅最幫得上忙，可是他怎會變出來?和老伯伯相比，他拙劣的口才馬上無所遁形，不知接下來要說什麼。

早知如此，應該好好準備才出場。

老伯伯像準確評估了目前的局勢，說：「我和我家美女慢慢走就是了。帥哥你就好好在安平這裡遊玩吧！」

巫眞忙問：「您們住在附近嗎？」

「嗯，就在那條巷子裡！」

老伯伯遙指某條小巷。

「您們每天都來嗎？」

「對，風雨不改，難道愛情會因一點風風雨雨而有所改變嗎？」老伯伯義正辭嚴地說。

巫眞覺得老伯伯實在是非常資深的把妹達人，簡直是大師級的。

老婆婆一臉認眞，「別聽他瞎說。」

「不是嗎？」老伯伯說。

「不是天天。不過，一年三百六十五天，有三百五十多天是這樣兩個人一起走。」老婆婆甜甜地說。

巫眞本來想笑這種只有電視劇上才會出現的對白，但兩個老人「執子之手，與子偕老」的幸福感和眞摯的感情令他深深折服。要是他和方圓也能這樣天長地久就好了。

「就這樣過了幾十年嗎？」巫眞問。

「當然不是。」老伯伯變得一本正經，「我是台南人，上台北唸師大，結識了我家美女，教了三十多年書退休後，才回到台南。」

難怪老婆婆的國語一點也不台!可能是外省人第二代。

「您當年也住這裡嗎？」巫眞問。

「不，在安平路站牌附近。」老伯伯答。

「常來樹屋嗎？」

「有哪個小孩不愛摸黑來探險？」老伯伯臉上浮起笑意，似是憶起童年往事。

「有沒有聽過什麼怪事？」

「很多啊!都是瞎編的，不可當眞。我自己也編過有人在裡面自殺，埋孩子屍體，找到屍體，女鬼、無頭的、長髮的，應有盡有。要是我當年就寫小說的話，哼哼，肯定不得了。」

「眞是胡扯！」老婆婆忍不住道：「帥哥，你在收集鄉野奇譚嗎？」

「是啊！」巫眞忙點頭。

「我家帥哥，你怎不介紹阿猴給他認識？」老婆婆對老伯伯道。

巫眞聽到「我家帥哥」四字，心裡不禁發笑。

「阿猴？他講話都顚三倒四的，怎能介紹給人家認識？」

「不好意思，您們說的阿猴……猴伯是什麼人？」

「阿猴啊！他厲害了，他父親以前就在德記洋行打工。」老伯伯道。

「快介紹我認識。」巫眞忙道，沒想到竟能誤打誤撞找到好消息，這比方圓騙人要好得多了。

「可是他得了阿茲海默症，」老婆婆說：「往事他都記得不太清楚，說話經常顚三倒四的。有時不認得我們，有時會以爲我們是他父母。」

「沒關係，我想去探望他。」

「可是，阿猴的家很亂，你無法想像。」老婆婆提醒道。

「沒關係，我去。」巫眞不會放棄。

老婆婆沒有多說。

「帥哥，等下我帶你過去！」老伯伯道：「咦，我家美女，妳怎麼又走得動了？」

「因為見到真正的帥哥啊！」老婆婆笑說。

巫真在老伯伯臉上發現一抹嫉妒的神色，但很快就化為笑意。

他陪著兩老一步一步慢慢地走，明明可以五分鐘走完的路程，結果走了半個小時。如果能夠找到高人的話，這種路程算不了什麼。

35

猴伯——是猴子的「猴」——顯然不是有錢人，甚至可以說，是很沒有錢的人。他一個人住在小巷裡一間雜物房似的地方裡，教人見了就痛心爲什麼有人要住在這種地方？一輩子住在台北的人也許無法想像中南部的人可以窮到這種地步：家裡沒有一樣東西是新的，沒有一樣不鋪塵，沒有一樣不破爛。

猴伯不用多介紹，裡面就只有他一人。

他見到老伯伯和老婆婆，也沒有多打招呼，目光非常渙散。老伯伯上前打招呼，見猴伯沒有反應，便對巫眞說：「他就是這樣，有時要發呆好幾個小時才會醒過來。」

「你要等他開口的話，不如改天再來，不然不知道要等多久。」老婆婆苦口婆心道。

「不打緊。他是一個人住嗎？」巫眞問。

「你覺得有人願意和他一起住嗎？」老婆婆笑著反問。

「他有家人嗎？」

「沒有，他終生未娶。」

「這裡倒算乾淨。」巫眞看著一屋的雜物，爲免人家以爲他說反話，忙補充道：「我見過滿地垃圾，又有老鼠跑來跑去自由出入的。」

「這當然，我們有時會過來幫忙打掃。」老伯伯說：「不過，等到我們連自己也照顧不了時，就無法再幫他。」

「你們怎麼認識他？」巫眞問。

「我和他以前是國中同學。」老伯伯失笑。「沒想到一下子就變老了。」

「那是好幾十年前了！」巫眞幻想那時的中學生是過著怎樣的生活。

「半個世紀了。那時我們比你還帥！」老伯伯露出狡猾的笑容，像是剛在教師的座椅上塗了膠水。

「帥哥，不好意思，害你白走一趟。」老婆婆插口道。

「沒關係，我在這裡再等一會吧！」巫眞道：「說不定他會隨時開金口。」

「就算開金口，你也未必能跟他溝通。」老婆婆說：「他就像一台收音機般有自己的頻道，會把節目一直播完，你只能被迫聽下去。」

「他會講些什麼？」

「很龐雜，有時是他自己的事，他父親的事，他母親的事。很亂。有些事很雞毛蒜皮，就像在路上跟人家抬槓時打架那件事。那次肯定打得很凶，我聽過好幾遍。」老婆婆道。

「也會談到他父親帶他去看歌仔戲，應該是很小時候的事。我年輕時都沒聽他說過，是這幾年才聽到。肯定是他童年時很幸福的一段時光。」老伯伯補充道。

巫眞的思緒一下子飄到那個遙遠的時代，那時的廟會和現在的一樣嗎？肯定不是。那時的人會專心地欣賞，而不是用手機去拍照或錄影，眼睛也不是死死盯緊小小的螢幕。

「對，一路聽，你會覺得歲月無情。不管多可愛的小孩，都會長大，都會變老。」老婆婆很是感慨。

「猴伯是個一流的歷史記錄員。」巫眞說，心想自己老來會變成怎的模樣。他不會永遠都是二十多歲，只會一天天變老。這是人生。這話他覺得不適宜在兩老面前說，以免太傷感。

「沒錯。在那個沒有多少錄音的時代，猴伯腦裡的東西彌足珍貴，可惜，沒人來採訪他。他唱的那些歌，很快就會失傳。」老伯伯不無慨嘆說。

「我想再等一陣。」巫眞說。

「你有女朋友嗎？」老婆婆問。

「還不算有。」巫眞應道。

「只是還沒表白。是美女吧！」老伯伯笑著問，那頑皮模樣一點也不像老人。

「是仙女。」巫眞想起方圓那件白衣。

「帥哥和仙女，才是絕配。像我和我家美女。」老伯伯道。

「別老是我家美女的，多羞人！」老婆婆又吃吃笑了起來。巫眞開始覺得她即使有皺紋，但仍然很漂亮，幾乎可以想像她年輕時迷人的樣子。

「也沒什麼好羞的。」巫眞說，他打從心裡欣賞老伯伯仍然喜歡打情罵俏這點。只有很愛一個人，才能讓愛情之火燃燒好幾十年而不熄滅。

老婆婆說要回家煮飯，兩老才動身離開。

「你可以叫我們廖公和廖婆。」老伯伯說。

巫眞和他們道別，並說日後來安平一定會再拜訪他們。

兩老走後，巫眞才好好坐在那張很破爛、少說也有二十年歷史的沙發上。如果說是戒嚴時代留下來的前朝遺物他也相信。

除此以外，很多雜物都有幾十年以上的歷史，很有懷舊趣味，要是一一取出來，整理後可以開個博物館。甚至那幾疊堆到天花板上的舊報紙和雜誌，說不定台灣文學館很樂意接收。

老人似乎沒有打算開口說話，像活在自己的平行宇宙裡。

巫眞坐在沙發上一個小時，不敢亂動，怕隨便動碰到雜物山會引起山泥傾瀉。除了沙發，這裡也沒有太多空間讓他活動，巫眞也奇怪老人獨居怎會不碰跌什麼。

又等了一個小時，巫眞除了放空和發呆外，一事無成，逐漸向老人看齊。

36

到天快黑時，巫眞決定不再等下去。他已經等了兩個小時，老人還是沒講過一句話。

他希望老人就算沒細說當年，唱一段歌仔戲也好。

手錶指向六點三十分時，他終於起身走人。

他走到巷子裡，五隻顏色各異的貓在休息，像他剛才般放空和發呆。

五隻貓見他離開猴伯的屋後，才逕自走進屋內，動作就像大將軍回巢般的氣勢。

原來猴伯養貓，大概是雜物太多，蓋過貓的味道，所以他才沒聞到。

巫眞返身屋內，五隻貓同時回過頭來，凶神惡煞地怒視他，像是質問他回來幹嘛！

巫身彎下身，用貓語道：「我是朋友。」

五貓聽他會講貓語，都很吃驚。

「原來你就是貓語人。」黑得像頭豹的貓，一看就知道是首領。

「你們聽過我？」

「早前有貓說貓語人來過這裡，我們還以爲是開玩笑。」黑貓道。

另一隻說：「愛虐待貓的人倒有不少，貓語人我們是第一次見。」

「幸會。」巫眞說，趁機坐回沙發上，那個位置比較安全。

「你來找他？」黑貓問。

「對啊！想問他一些事情。」巫眞說。

「你怎問他？他可能連自己是誰也忘了。」黑貓說。

「他說話已經亂七八糟。」白貓道。

「他說什麼？」巫眞問，即使他已從兩老那邊知道猴伯會說什麼，不過，那是他們的說法，他想知道貓咪的版本。

「很多啊！簡直是他所有往事！」黑貓說，其他貓同時點頭。

「有沒有關於他父親的？」

「有啊，很多，你要聽哪一段？」

巫眞大喜，追問：「他父親在德記洋行工作時的生活。」

「有。不過，你爲什麼要問？那是一段很悲慘的故事。」

37

方圓還沒到，那股近乎殺氣的能量已遠遠襲來，巷裡的貓又爭前恐後衝進屋來，教巫眞的視線無法再集中在電腦畫面上。

「你們不是已經習慣她了嗎？」他問貓咪。

「她今天不一樣。」

他很快就看到一身灰黑打扮的方圓在大門出現，陰陰沉沉，和台南明亮的天氣很不搭配。

「妳這麼早來幹嘛？我還沒吃午餐。」

「我打不通你的電話，以爲你出了什麼事。」

巫眞去檢查手機。

「沒電了。」

「你想逃避責任嗎？」她又開始不滿。

「沒有啊！」他忙解釋：「我有新發現。」

他把猴伯家貓七嘴八舌講過的話，把不同版本組織起來，告訴方圓。

「話說猴伯的爸爸——我們叫他猴老爸吧——在日治時期的德記洋行貨倉裡工作，是年輕小伙子，哪有唸過什麼書。不過，他很勤勉也很上進，結識了一個廠長的小女兒，叫樹里。猴老爸十五歲第一次見到樹里時，她只有十三歲，和家人住在貨倉旁邊的房子裡，也常去探望父親。樹里是灣生，耳濡目染，會講一點台語。

「兩人年紀很接近，很談得來，可惜這個看來像是青梅竹馬的故事，卻在二次世界大戰前夕，樹里父親被召回國時打斷。猴老爸只好忍痛和樹里道別。大家相約要通信，但戰亂時難保中間會有什麼變卦，所以互送道別的禮物，他送她一把梳子，而她則把一把長髮剪下來送他。」

「有點老套，不過，如果是發生在自己身上的話，我絕對笑不出來。」方圓說。

「妳送過頭髮給人家？」巫眞趁機試探。

「你繼續說下去就是。」方圓正色道。

「他寄出十多封信，但只收過兩次回信，這段感情最後無疾而終。這個青春期故事沒有開花結果，猴老爸和另一名女子結婚，也就是猴老伯的媽媽，很快就生了猴伯。當然，那時猴伯還是小孩子，不是一生下來就是老伯。」

巫眞故意在最後講了個笑話，但效果不怎麼好。方圓仍然一本正經，很認眞靜靜注視自己，示意快說下去。

「本來故事已告一段落，直到猴伯四歲時，他們要搬家。他媽媽竟然找到樹里寄來的信，用繩子綑起來，裡面夾了一把長髮。猴老媽讀了信，馬上就知道是怎麼一回事，拿到屋外，準備放火燒掉，幸好猴老爸剛好回來及時阻止。兩人就吵起架來。」

方圓聽時沒有作聲。巫眞知道女人是怎麼一回事，在任何時代都相同：女人表面看來再大方，其實都是小心眼。男人和前女友一定要一刀兩斷，唯我獨尊。

「猴老爸和猴老媽對這信和頭髮，一個要留，一個要丟，各不相讓，最後猴老爸答應放到別處，不帶回她和他的家裡。」

「沒這麼順利吧？」方圓問。

「當然。他只是把信和長髮暫時放在朋友家裡，幾天後就拿回家，偷偷放在母親的房裡，因爲老婆不會進去，以爲從此天下太平。沒想到有一天回家，發現老婆已把一頭秀髮剪去。他忙不迭衝進母親的房間裡，才發現樹里的信和長髮不見了。他向老婆討回時，老婆拒絕，在桌上放了五撮頭髮，說這裡面只有一撮是那個女人的。他不准摸，不准嗅，只能看。如果他猜對的話，就把信還給他。」

巫眞一口氣講了很長的一大段，停下來喝了口茶。

「很有心機的女人。」方圓道。

「此話怎說？」他問。

她眉頭一皺，「其實他老婆是想探測他對那個女人的思念和情意，要是他答不出，情況還較好，他老婆還有可能把信交出來。一眼就說出答案，雖然答對了，卻傷透老婆的心。」

他覺得女人的心思還眞複雜，爲什麼要來這種考驗自討苦吃？繼續道：

「他仔細看了五撮頭髮後，說：『這五撮都不是。』他老婆沒問原因，乖乖把信和頭髮退還。他這才發現樹里的頭髮沒被剪掉一分，仍然完整如初。過了幾天後，他母親的房間再被搗亂，樹里的遺物和老婆同時不見了。他到處去找也找不到。直到有人告訴他說老婆在樹屋上吊死了，他才趕過去。那時的樹屋已經荒廢。猴老媽被人救了下來時已經斷氣。用來上吊的，除了繩子，還纏了樹里的那把長髮。」

方圓聽到這裡時，不禁伸手摸摸自己頭髮，「原來這個自縊的女人，就是樹妖的來源。」

「故事還沒完呢！」巫眞說：「猴老爸父兼母職，把猴伯帶大。猴伯十五歲時，一個日本女人出現在家門口。沒錯，她就是樹里。她回到日本後，她爸爲她安排了婚事，不過那男人在打仗時死了，而她爸也老去病故。她在台灣長大，日本反而是個陌生的地方，無依無靠，於是返回台南這裡，想找回當年那個和她兩小無猜的少年，看看他現在怎樣，甚至說白點，如果他還未娶的話，她願意嫁給他。」

方圓吁了口氣，「眞會說話。這女人當時多大？」

「如果猴伯有十五歲，他爸少說也有四十歲了，那女人也差不多。」

「她在日本混不下去了，就回台灣搶人老公，又是很有心機的女人！」方圓一臉不屑。

巫眞覺得在方圓的眼中，所有女人都很有心機。說不定類似的感情創傷，不是在她自己身上發生，就是在她母親身上。

他繼續道：

「樹里第一眼見到十五歲的猴伯時，知道猴老爸早就結婚生子，等到猴老爸告訴她自己喪偶時，才鬆了一口氣，光明正大地投靠猴老爸住了下來。猴老爸當然沒有告訴她自己的老婆是怎麼死的，也叫猴伯別講。可是，左鄰右里不是啞的，就算他們是啞的，安平區能有多大。猴伯不知道她到底什麼時候發現眞相，只知道沒多久，樹里就被車撞到，在送到醫院途中就死了，那張臉爛得教人慘不忍睹。猴老爸傷心得不得了，向猴伯說：『這一定是你媽害的，她變成了樹妖，我要放把火燒掉這樹。』當然，這話他只是說說而已。幾天後，就有人來告訴猴伯說他爸也被車撞到，也是在送到醫院途中斷氣。」

「原來那樹妖早在很多很多年前就開始殺人。」方圓倒抽了一口氣，「而且一開始就利用車禍。不過，這又怎會和蕭大年拉上關係？」

「也許蕭大年除周瑋瑋外，還和別的女生交往。周瑋瑋是狐狸精，所以被樹妖賜死。」

方圓馬上反對，「如果周瑋瑋是狐狸精，蕭大年事後應會立刻和另一個女生交往，而不是拖到大一才再和女生交往。而接下來把蕭大年的女友一個個殺掉，也很不合理。那些貓沒有騙你嗎？」

「這我倒看不出來。」

「說不定那些貓愛捉弄人。」

「我不是看扁貓，可是，貓不可能編這麼長這麼完整的故事。」巫眞挑出破綻。

「可能是那個猴伯在精神狀況仍不錯時瞎編吧。」方圓說：「如果眞有其事，怎會沒聽過？」

「畢竟是六十多年前的事。」

「這些故事口耳相傳，可以一代傳一代。」方圓說。

巫眞不想再和方圓拗，和一個固執的人辯駁，除了傷感情外，別無益處。「到底樹屋怎樣遠距離殺掉她們？這點我一直想不通。」

「樹屋有得是自己的方法，就像人家不會理解我們的氣場。就是我，也不理解你的貓語是怎麼一回事。」

「那是天賦，無法解釋。」

「我懷疑一個人長期被妖氣纏繞，就會受控制而不由自主。」方圓道。

「就算她沒隱藏妖氣，也無法把妖氣擴散到整個台南吧！這不怎麼合理。」

「你怎麼跟我講起合不合理，好像科學理論的樣子。」

「科學有原理，妖法也有妖道可依。」巫眞道：「我剛剛想到一個可能。樹妖範圍沒有貓會接近，但樹上有很多鳥，也就成爲樹妖的手下。」

「所以，」方圓眼睛放光，「樹妖可以派鳥去收集蕭大年的情報。」

「沒錯，他喜歡和女友到戶外，所以行跡很容易被發現，也讓鳥類大軍認出他身邊的人長什麼樣子，要發動攻勢也不難。」巫眞想得很仔細，「那些鳥可以把毒藥放進她們的飲料裡，在她開車時把身體衝到她的臉上，讓她一時失去平衡而交通失事。」

「你想得太複雜了。鳥只要把那些女的每天梳頭掉下來的毛髮撿回去，接下來就夠樹妖去施咒。」

「嗯，如果是這樣，就非常簡單！」

「眞相到底怎樣，也許我們永遠不知道。」方圓說：「總之把樹妖殺掉就是。」

「妳打算怎樣殺掉樹妖？放把火把樹燒掉嗎？」

「我怕放了火後，你以後要去看守所找我。放心，我自有我的方法，我會找幫手。」

方圓說罷，就起身離開。

「方圓。」巫眞趁那背影快要消失前，追了上去。

方圓這次終於停下腳步。

這是她第一次停步，而且回過頭來。

「什麼事？」

她的目光和剛才那種冷冽不一樣，而是溫柔無比。

巫眞覺得這才是眞正的她，平日那個冷冷的只是她的僞裝。

巫眞大膽追上去，覺得自己可以追上她的腳步。

不管妳去了什麼地方，我都會去找妳。巫眞沒勇氣把這句話說出口，只好道：

「我不知道妳會找怎樣的幫手，會不會像我要去墓地？不過，怎麼說，小心點。」

她遲疑了半晌，才說：「我會。」接下來，送出一個甜甜的笑容。

他不是第一次看到她笑，卻是第一次看到她如此漂亮地對自己笑。

38

方圓這天一大早凌晨三點就醒來，她已好久好久沒在這個時辰活動。丑時養肝，寅時養肺，不宜活動。只此一次，下不再試。

她走進浴室，即使是仙女，也要好好打扮、沐浴、梳洗，把頭吹乾。她特地換上新買的一套衣服，上紫下白，剪裁很有古風。

不能任由頭髮自由垂落，她找了個紫色的髮箍把頭髮束在後面。劉海有幾根有點不整齊的青絲，索性剪去。

全身鏡裡的她，看來簡直像個俠女，可以隨時揮劍和各種邪魔妖怪相鬥，打個你死我活。

一番如儀式般的全身潔淨和悉心打扮後，也不過是凌晨四點。

她很是滿意，終於出門，騎上機車，往郊外出發。

這夜月明星稀，夜涼如水。台南市郊的交通本來就很通爽暢快，凌晨時分更不必說了，只能用痛快來形容。

她騎得很快。半夜的台南和白天的不一樣，像是另一個世界。主宰這裡的不再是人，而是各種看不見的魑魅魍魎。它們隱身其後，據守在各大歷史古蹟裡，像要隨時撲出來。

鑄劍師的老房子應該就在前面。兩個單獨的小平房，一高一矮，高的應是住宅，矮的是工作室，相連一如母子般。

她不必查地圖就知道，就是汽車導航系統也沒她來得準確。

她沒來過鑄劍師的家，但她會知道的原因，除了鑄劍師的家燈火通明外，還有非常強大的氣源源不絕如溫泉般湧出，在屋頂上空形成個核爆似的蕈狀雲。不像核爆只是一瞬間的爆炸，屋裡的氣是間歇性噴發，每隔十秒左右爆發一次。

這兩個相連的小平房附近沒有其他房子，像遺世孤立的連體嬰。她想起十幾年前父母帶她去奧地利薩爾斯堡時，在堡壘上居高臨下。劊子手住的房子附近沒有其他人。人們不喜歡和雙手染滿鮮血的劊子手為鄰。劊子手的朋友，就是其他劊子手。劊子手的家人，也來自其他劊子手的家。劊子手有自己的社群，有自己的文化和歷史，也有自己的術語。

這和鑄劍師何其相似，他們也不主動和一般人來往。只有尋劍的人上門拜訪鑄劍師。鑄劍師活在自己的世界裡。除了劍，沒有其他。決定一個鑄劍師成就的，不是錢，不是名，而是他鑄出來的劍，不管在春秋戰國的中原，或者是二十一世紀的台灣，都沒有兩樣。

她把機車停在屋外時，屋裡噴氣的節奏絲毫不變。熱氣仍源源從工作室裡發出，難怪鑄劍師多在晚間工作，她知道自己很快也會汗流浹背。

她從沒找過這位鑄劍師，但師父跟她提過。當今世上，世代相傳的鑄劍師沒有多少，在台南，就只有他一個。

可是，她有點擔心了。鑄劍師像知道她的來臨，氣場稍微改變了一點，受她左右。她覺得他不夠優秀和穩定。

工作室的門並沒有關上，瀉出的火光在地上繪出不停變動的漂亮圖案，傳出畢畢剝剝的聲音，偶爾會如敲打樂的聲響，有宇宙大爆炸時的感覺。

空氣裡有一陣獨特的味道，不像一〇一放煙火的那種硫磺味，而是一種陌生得多、從來沒聞過的氣味。

這就是鑄劍的味道。

師父說過，爲了造出一把優秀的劍，鑄劍師要忍受難聞的氣味，在噪到近乎耳牘、光線猛烈得足以致盲的環境下工作。

每一把劍，不只是鑄劍師的心血結晶，更是用生命的一部分來交換。

方圓踏進工作室裡，才發現不是那一回事。

鑄劍師戴上護目鏡和耳機，在一個看來頗爲安全的環境裡鑄劍。

他上身近乎打赤膊。那件衣服，只有正面，沒有背面，頸上和腰間有繩子繞到後面打結，像主婦的圍裙，所以他整個結實的背肌都讓她看得一清二楚。那個肌肉的起伏像地動山搖的地殼活動，教人覺得身體上的美感不是女人的專利。

鑄劍師肯定知道自己的來訪，卻沒有放下手邊的動作，也沒有轉過頭來看她一眼，實在太傲慢了。

她很想走過去叫他，不過現場實在很吵。他很專心地在鑄劍，也許一個分神就會把劍鑄壞，到時幾個月的苦功就會盡廢，她拿什麼去賠人家？

以身謝罪和以身相許，都不是她信奉的法則。

她只好看著他的背肌在動，看著汗水從耳際一直滑下來，聽著刺耳的聲響，和忍受難聞的味道。

男人大概以爲讓女人欣賞他專注工作時的神情就會愛上他，這是最大的謬誤。

她不是那種看到肌肉男就大流口水的女生，對他用肌肉表現的韻律舞無動於衷，反而覺得他有點刻意賣弄和耍酷。

要不是有求於人，她會馬上動身走人，並建議他轉行做鋼管猛男算了。

她留在這裡，不是爲了自己，而是爲了一個她不相識的女子，希望這女子可以回來、醒來。

等到男人停下手腳時，她已經忍受了半個小時。

這工作室像座籃球場般大。鑄劍師那邊的地和牆都是黑的，這並不是爲了耍酷的設計，而是被煙火燻黑了。

牆上白底黑字的圓鐘指著五點三十分，天大概已經亮了。

男人脫下面具時，終於露出本來面目。

四十歲左右的大叔，頭髮還很濃密，一身結實的肌肉自不必說，也許除了鑄劍以外，還是個劍術好手。

只是，這個鑄劍師也太年輕了。

師父說過，這個鑄劍師的淵源可追溯到春秋戰國，至今應該至少有七十代。

不像孔子家族有族譜、取名行輩，這個鑄劍師世家沒有族譜可查，沒輩可依，無法從名字看出輩分大小。鑄劍師傳下來的，除了鑄劍的方法和心得，就只有名號。

這鑄劍師個子不高，但相貌堂堂。

「妳找我？」

——明知故問？真是一個很蠢的問題。

「對。」方圓道，也是沒有一個多餘的字。

「妳想鑄劍？」

她本來只想點頭，保持沉默，但最後還是答：「對。」

「妳想要把怎樣的劍？」

找鑄劍師鑄劍，原因很多，爲收藏，爲練武，爲炫耀。方圓自問有氣場護身，對方必定知道自己不是泛泛之輩，絕不會和凡人一般見識，要把劍只是做世俗的事情。

「斬妖除魔！」她直接說。

「妳想斬妖？」他有點困惑。

她也一樣，「請問師父大名。」

就在男人準備開口時，一把聲若洪鐘的男聲從她身後揚起，並在室內迴盪。

「不准說。」

男人馬上閉嘴。

對，鑄劍師的本名不傳。只要讓敵人知道，自己的能力就會失去。好些傳世名劍無堅不摧，可是，一旦被敵人知道鑄劍師的本名，那些劍的能力就會徹底消失。

一個年紀大得多的老男人不知從哪裡冒出來，身材很高，至少有一八〇。那套中式長衫很寬鬆，但看得出他塊頭很大，胸寬腰窄呈倒三角，可以想像他肌肉相當結實；即使赤足，走起路來仍然很有架勢，臉色紅如微醺，像關公，鬍鬚卻很白，像聖誕老人。

她不想用反差這麼大的比喻，不過在腦海第一個冒出來的就是這個組合。男人身上有氣，老人身上卻沒有。功力高的人，可以把氣隱藏不露，老人看來才是厲害貨色。

「拜見前輩！」她自問難得有禮。

老人並不作聲。

她按江湖規矩先報上名來，再請教道：「請問前輩名號？」她和自己的師父沒見過多少天，幸好江湖上的規矩，他可教了不少。

對鑄劍師來說，名字是本名，名號卻是世代相傳。師父說，這個鑄劍師傳下來的名號，就是一個劍字。

「我叫陳劍。」

原來這男人本姓陳，本名不傳，以後也不再用，取而代之的是那個劍字。以後他的弟子，就會把這劍字一代一代傳下去。

「妳來求斬妖劍，所爲何事？」老人可不客氣。

她把安平樹屋有樹妖之事、怎樣探到有妖氣、蕭大年的女友們怎樣意外身亡、夜探樹屋時怎樣遇見怪事等一一如實相告，但對猴伯父母幾十年前的家事，由於不是她親眼所見，便一字不提。

老人聽了，沒有點頭，也沒有多大的表情，非常深藏不露。

「樹妖是最難纏的妖怪之一，妳可知道？」老人溫和地說，語氣一如寒暄問暖。

「還請前輩開示。」她恭敬道。

「樹能吸氣，天地之氣，盡收其中。如果成仙，可庇佑村民家宅平安。萬一成了精，或者讓妖附上，力量便異常強大，甚至可以差鬼使喚。」

「能力也太大了吧！」她不禁心寒。

「沒錯，但這也要消耗很多能量。」

她心念一動，試探性問：「樹妖會因此元氣大傷吧？」

「這倒不一定。如果是安平樹屋那樣的大樹成了妖，也許用不了多少能量。那棵樹太大了，如今還開了子樹，能量非常驚人。妳眞的想去殺妖？」

「對。」

「可是，妳要訂造一把新的斬妖劍，少說也要半年以上。」老人道。

「我等不及，明天就要用。」她說。

老人皺眉。「明天？太急了吧！」

「過了明天，那個叫子靈的女子魂魄就出竅十四日，再也無法回去。」

「明天是月圓之夜，陰氣最重，妖魔也最頑強，力量可以比平日大上十倍，甚至百倍。」

「我知道。」她點頭。那樹妖大概已經算定了日期才敢作惡。十四日之期末，正好是它最強大的日子。

「劍的問題妳打算怎樣解決？」

「我可以借嗎？」

「這裡的劍，只賣，不借。」

「爲什麼？」她覺得人命關天，怎能如此無情？

「所有劍，都有屬於它的主人。即使把劍借給妳，妳也無法發揮全力。依妳所說，那樹妖異常強大，如果一把劍無法發揮全力，必然失敗收場。」

「那前輩可以爲我們一戰嗎？」她大著膽子問。

「我？當然不行，我只是一介鑄劍師，只能鑄劍，頂多揮幾下劍，不懂除妖。」他別過頭道。

她明白，不會除妖是假，不願除妖是眞。鑄劍師爲免惹上麻煩，即使深諳劍法，也不會涉及江湖事。寧願隔岸觀火，或作壁上觀，好保持超然的地位。

「師父，我們不是有把劍沒被買家領走的嗎？」剛才鑄劍的中年男人問。

「是有一把。不過，我不想給這小姐。」

「爲什麼？」男人和方圓同時發問。

「那劍是我做的，鑄造期間，我的手被弄傷，工作室幾乎被燒掉。」老人道：「那是把不祥之劍，劍主如果不是命大，必得災害。那買家是識貨之人，一見不對路就馬上走人。自此之後，我就把劍藏好。」

「你大可把劍賣給心術不正的小人，害害他們。」她笑道。

「我不可能和那種人做生意。」老人尋思了一陣，又道：「那劍只能害主人一次，要是主人熬得過去，那劍破了咒，必然光芒萬丈。」

「我就要那把劍好了。」

「可是妳會經歷生死大劫。」老人警告道。

「放心，我命大，沒這麼容易死。」方圓笑道。

「妳這話可當眞？」

「愈在意一件事，就愈難做好。我不置生死於度外，豈能斬妖除魔？」

老人聽了，瞇眼注視了方圓很久後，才微微點頭。

「去把那劍找來。」

男人登上二樓。老人靜靜地上下打量她。

「以妳這年紀來說，氣場算很強大，可惜，妳似乎還無法控制自如，所以時有時無。」

「前輩所言甚是。不知可有解決良方？」

「妳要找回授業恩師才行，我們鑄劍的，就只管劍上的學問，其他江湖上的事情，我們一概不過問。」

果然是明哲保身。她想。

男人從二樓走下來時，手執一劍，用青巾包緊，等把青巾攤開後，才見劍鞘。上面寫著「天命劍」三個蠅頭小字隱沒在花紋裡，要不是細看不容易發現。

一條細繩把劍柄和鞘緊拉起來。就在她準備解開時，卻被老人阻止。

「不行，它會嫉妒？」

「嫉妒？」

「對，它被冷落了很久，妳要好好打開它，以示尊重。」

「怎樣叫好好打開？」她問。

「就是說，妳要讓它感到妖氣，這樣，它才會興奮起來，準備進入作戰狀態。」

她笑了起來，這好像情色小說或者A片裡才會出現的對白。

怎說都好，她向老人致謝後，便把劍收下。

「忘了問，要多少錢？」

「要錢的話，恐怕妳還付不起呢。」

「我不白白接受。」她知道鑄劍師不近女色，所以一直很放心。

「這當然，我也不白白送禮，這是鑄劍師這一行的傳統。」

「你想我日後替你殺人還禮？」

「等妳可以活著回來，我再告訴妳答案。」

她向老人和男人拜別時，又偷望了男人一眼。這位看來很有威嚴的中年大叔，以其外表去混黑道，也許可以混個三花紅棍甚至幫主回來，如今在這裡卻乖乖地像小貓般馴服，聽老師父使喚。

說不定那男人以前就是混黑道的，而且是有輩分的，從監獄裡放出來後，就來向老師父學藝。

老人像識破她眼神裡的密語，既像不著邊際，又像語重心長地說：「只有大奸大惡，方能大徹大悟。」

她微微點頭，帶劍離開。

39

這一夜的過程比想像中簡單和順利，本來以爲要像武俠小說般過五關斬六將，或者考秀才地背點唐詩宋詞。其實那些主角到最後還不是把寶物借到手，作者只是在拖劇拖時間。

天早就大亮了。

她跨上機車，把劍用青巾包好，負在身後，在胸前打了兩個結後，才安心騎車。

回到剛醒來的台南市區，錯亂的廣告招牌又入侵她的視線。人們精神抖擻準備新的一天。就是狗狗，也精神奕奕隨人慢跑。

不知巫眞在做什麼？醒來了沒有？大概還在睡吧。

他是她除師父外，找到第一個有氣場的人，嚴格來說，是她的同類。

她看人不是太重金錢概念，所以對他沒有排斥，但他做事溫吞、龜毛，有時還很雞婆，猶豫不決，擁有很多女人的缺點，簡直比女人還像女人。

師父提醒過她，不能隨便和男生交往。

「是我的命不好嗎？」她想起那些老套的電視劇。

「和妳的命無關，而是跟妳的氣有關。妳的氣很大，教人不容易受得了。」

「您指的氣，到底是脾氣，還是氣場？」她問。

「這個妳自己最清楚。」師父難得語焉不詳。他老人家大概是故意說得含糊不清，天機不可洩露也。

她下車時，沒注意身上還揹負長劍，劍柄被車身一勾後，胸前的結沒鬆開，仍紮得穩穩的，不過那劍竟然跳了出來！

她一時來不及反應，只好眼巴巴看著那劍連同劍鞘掉到地上。

沒想到這麼一把劍著地時，竟然發出非常響亮的鏗鏘聲，而且讓她感到地面居然搖晃了一下。

這突如其來的一震，教她幾乎站不穩要跌倒在地，幸好眼明手快抓著機車。

「這是什麼鬼劍？」她不禁嘀咕。

站起來時，才發現那本來套在鞘裡的劍身，竟然滑了一半出來，並射出森冷的白光。

她彎身拾劍時，眼睛正和那道白光碰個正著，竟在裡面看到一個彩色的世界，一個大千世界。裡面隱然可見她的過去，她的那些喜怒哀樂，她不願回首的悲歡離合。

「這劍……」

她沒有多想，馬上把劍閤上，還劍入鞘。

她把劍握在手上，覺到一股暖流從劍傳到手上。登時，她就像全身充滿力量，發現對面有人向自己看過來時，竟然有股想砍人的衝動。

那鑄劍師說的沒錯，這把劍不是隨便一個人都能駕馭。要是能力不夠，隨時會反過來被劍帶著走而失去自我。

她的氣場不小，可是，對控制這劍竟是沒有大幫助。

巫眞問過她坐擁如此巨大的氣場，到底有什麼異能？她沒告訴他，不是她不想說，而是她也不知道。那些能量讓自己很驚喜，同樣也讓自己受累，讓自己以爲可以做一番大事改變世界。可是這些能量一般人根本看不出來也不理解，至今仍然無法改變自己的命運。這些年來的一事無成也讓自己很失望和沮喪。

所以，當她見到氣場才那麼一點點的巫眞，就要按著他別強出頭。其實她懂的東西沒比他多，但她的氣場已足夠嚇唬他。

她希望在這幾天可以讓自己的能量好好發揮。這種機會，人生裡沒有多少次，她要好好把握。人生，只要發一次光就夠了。

氣場和天分一樣。很多的話，可以輕易成就大業；很少的話，你會一早放棄。不多不少最是累人，高不成，低不就，你不甘心，也不願放棄，教你不上不下。

天命劍，即使靈光乍現，也足以教她百感交雜，果然不能小覷。

40

巫眞感到方圓的氣時還賴在床上，猶在夢中。

——妳不會想撲到我床上吧！

樓梯很快又響起如千軍萬馬的腳步聲，他坐起身，沒來得及揚聲阻止，群貓已排山倒海衝過來，撲到床上。

「滾啊！」他坐起身來，發出怒吼，可是群貓只是從床跳到地板上，並沒有下樓。

「你們不是和她做了好朋友嗎？怎麼又怕她了？」他問。

群貓不像人類般面面相覷推卸責任，而是沉默是金。

「連你們也做逃兵，像什麼話？」他直接問黑白無常。

黑白無常是一公一母，此時挨在一起，隱藏在群貓之中，被巫眞用眼光勾出來後，只好同時爬出來，尾巴互纏，坐在巫眞跟前。

「你等下自己看就是。」

他不解，只知方圓對貓的影響力比自己還大。

方圓的氣宣告她已逼近門口。

看看時鐘，雖然天大亮，但才早上七點半。

「妳這麼早來找我做什麼？」他從樓上喊下去。

「你下來看就知道了。」她說。

他把頭伸出去看，只見她抬頭望向自己，手上握了樣很長的東西。

「是什麼？」

「你怎麼全身裸體？快穿衣服！」

他向後一縮，「我才不是裸體，有穿褲子的，只是沒穿上衣睡。」

「你穿好衣服再下來，否則刀劍無情。」方圓難得開玩笑道。

「別威脅我。我哪有說過不穿衣服下來？我才不會讓妳看到我的王字腹肌！」他抓起衣服，披到身上，再穿上長褲。

「什麼腹肌？贅肉吧？」

他側身對著鏡子。贅肉？開玩笑！

「要不要看？」

「不要！」

他走下樓梯，細看方圓，才發現她的打扮和平日很不一樣。

「妳去拍武俠電影嗎？」

「不完全是。」方圓舉起手上的劍，「我討了把劍回來。」

巫眞沒去看那把劍，「妳不用一大早就來找我吧！」

「知道今天是什麼日子嗎？」

「什麼日子？」巫眞用力想了幾秒，「今天是星期六。」

「明天是子靈車禍後的第二個星期。」

「那又怎樣？」

「要是今晚我們不把她的魂魄趕回體內，她就永遠無法回去。」

巫眞馬上清醒過來，「是這樣嗎？」

他沒質疑方圓，她一定沒錯。

「我們這晚一定要行動。」她用堅定的語氣說。

巫眞心念一動，問：「要不要通知小莉？」

「她是什麼人？」方圓一臉疑惑。

「子靈的同事，最先找我幫忙的女生。那天妳不是見過她嗎？」

「那女人一點義氣也沒有，我不想再見到她。」

巫眞點頭。倒是自己和方圓與子靈素昧平生，幾乎是無條件相助，想來實在不可思議。

其實，自己對方圓一樣所知不多，她的年齡、她的過去、她的背景來歷，全部都是謎。

「你爲什麼一直盯著我看？」方圓問巫眞。

「妳今天很特別。」巫眞仍對她上下打量，「而且居然戴了髮箍。」

「我不想等下被頭髮擋著視線。即使要斬妖除魔的，並不是我。」方圓凝視巫眞。

「不是指我吧！妳比我還要強大。」

「當然不是你，你憑什麼本事做主角？」

「那是誰？」

「眞廢話，當然是這把劍。難道徒手和樹妖搏鬥？你到時別衝動，等我下令才行事。即使有劍在手，我也不希望動用。」

「一向衝動的是妳不是我！不用劍？難道妳想不戰而屈人之兵？」

「有點複雜，不跟你說了，到時你隨機應變就行。」

41

蕭大年剛獨自吃完早餐，門鈴便響起來。

貓眼裡的是媽媽的身影。

即使是一起住，可是由於大家都有屬於自己的空間和作息時間，所以不是每天都碰到面。以前爸爸會叫大家一起吃早餐，但因爲賴床、上廁所、趕上課等種種理由，這個讓一家人可以好好保持感情的習慣在幾年前就消失了。

「有沒有空？好久沒有閒話家常。」她雖然已六十開外，但染了髮後，看來只像五十出頭。

不用她開口，他已知道是什麼。媽這樣神祕兮兮找他，只有那件事。

「你爸昨天又跟我提起飯店繼承人的問題。」她壓低聲音道，即使附近沒有別人，「進去你房裡說吧！」

她進房後，眼睛很快在房裡掃了一圈，像警察般檢視案發現場，卻沒有發表什麼意見。

「你爸想把飯店大部分的所有權留給你弟。」

「爲什麼不是平分?」

「他說,你們三兄妹裡,只有你弟願意接手這家飯店,付出的勞力最大,你妹只是兼差做事,而你,甚至不願意在飯店工作,一點力也不願意出。如果平分的話,對你弟很不公平。」

「什麼叫一點力也不願意出,咖啡廳是我設計的。」

「我也是這樣說,但你爸說設計是讓你玩的,要經營才算。」

「怎可以這樣說,要不是我……」他馬上抗議,可是很快又冷靜了下來。當年他爲飯店做的事,他們一點也不知道。

「你什麼?你確實一點努力也沒有付出過啊!你要反敗爲勝的話,就馬上離開大學,回來飯店裡幫忙。」她苦口婆心道。

「可是我對經營飯店一點興趣也沒有。」

「這和經營無關,而是爲了你自己的財產……」

雖說是三兄妹,但這弟弟其實是爸爸和外面的女人生下來的,帶回來時很小,所以他並不知道自己的身世。諷刺的是,三兄妹裡只有他願意接掌飯店的業務。

媽媽氣得面紅耳赤，繼續在他耳邊轟炸。不過，她到底在說什麼，他已經聽不進去。他只是想畫畫。當年爲了飯店，他已經做了很多事，到現在仍然一直付出沉重的代價，可是卻無法說出來。

也許，當天他做的一切，都是錯的。如今加諸他身上的，都是報應。

42

媽媽離開後，他仍頭痛不已。

以前他遇到這種狀況，都會向子靈求助。現在她躺在醫院裡不省人事，而他也沒好到哪裡去。除了她，他沒有多少個值得深交的朋友。就像妹妹說的，子靈是他的視線離開畫布後，望向外面世界的唯一一扇窗口。現在他只能活在自己的小世界裡。

他已經好幾天沒有子靈的消息，正想打電話去問子美時，電話居然響起來，他以爲是媽或子美，沒想到是那個叫方圓的女生。

「我已經給你準備了斬妖劍，今晚就要行動。」

接下來方圓以上司般的語氣給他指示，要帶什麼，穿什麼衣服，開什麼車。她像個指揮官，蕭大年同情她身邊的男友要長期忍受被一個有控制欲的女人指揮。

掛電話後，他馬上開始準備今晚所需的打扮：一身全白的衣服，從上衣到褲子，內內外外都要全白，像辦喪事似的。那女的是不是打算辦一場喪事，好騙過樹妖？

他不知道他們到底會怎麼做，也不知道他們對他所作所爲了解多少，不過，如果可以替他解決樹妖，把子靈帶回來，一切都值得。

至於飯店的事，他已經不想再管了。

43

晚上七點半，巫眞和方圓抵達樹屋外。樹屋裡的參觀人潮早就散去。這夜無星無月，雲層厚得像要墜下。雨已經下了一陣。巫眞嗅到一陣泥土味。風聲颼颼，樹葉沙沙作響，天氣豈止涼，簡直有點冷，附近除了他們三個，已再無其他人，只剩下附近的房子冰冷無情地注視他們。他隱隱覺得有點像美國西部片裡山雨欲來風滿樓的陣勢。

蕭大年在一分鐘後開車抵達，下車時亮出簡直像孝服的一身白衣，換個角度看，如果這套衣服染了五顏六色的油彩，又和他藝術家身分很搭配。

「我這一身打扮沒錯吧？」蕭大年問方圓。

方圓上下打量蕭大年，一臉冷漠，微微點頭。

巫眞看在眼裡。當年蕭大年爲了升學，出賣了瑋瑋，任由她被樹妖吃掉，教方圓深感厭惡，所以被方圓戲弄，要身穿素服。

「進去吧！」方圓發號施令。

「就這樣進去？」蕭大年驚問。

「難道你想擇良辰吉日？或者敲鑼打鼓進去？」方圓反問。

蕭大年沒有答話。巫眞覺得方圓實在非常討厭他，而他是爲了救子靈才默默承受。這傢伙再壞，對子靈的感情卻是眞的。

「雨傘留下，不帶進去。」方圓又道。

「爲什麼？」蕭大年又問。

「你聽我的就是。」

蕭大年用眼神詢問巫眞，巫眞只道：「你就聽她的。」沒有告訴他，是因怕雨傘被樹根搶去，拿來當武器對付他們。

三人同時徒手爬上圍牆，情況就和巫眞上次夜探樹屋時一樣。不同的是，這天下雨，不管是兩手壓在圍牆上，或者跳到濕滑的地上，濕漉漉的感覺都教人很不舒服。

樹屋所在的方向沒有一絲光亮。方圓率先打開手機光源，只見一陣約呎高的白氣如海浪般衝過來，像是打開大冰箱後冷氣洶湧而出。後面的海浪愈來愈高，足以把他們淹沒。

巫眞沒見過這排場，不知這是霧氣還是別的。

蕭大年不願動，只問：「眞的要進去？」

方圓把劍揹負身後，回過頭來，「你要我們抬你進去嗎？今天我們來這裡，都是爲了子靈，和那些被你害慘的女生。」

蕭大年沒有反駁，只好默默跟著走。

三人沿木棧道緩緩踏進樹屋裡。怪的是，巫眞聽不到鞋子踏在棧板上的聲音，一點也沒有，彷彿白氣把足音全部吸走。他耳邊只有雨水敲打屋頂的滴答聲。

三人穿過側門，進到榕樹廳。當日一閃一閃的燈光，今天已經徹底熄滅。不變的是無處不在的青苔和樹根，讓人覺得像隨時會爬到人身上。

方圓問：「是這裡吧！」

「什麼這裡？」巫眞一頭霧水。

方圓把手機的光線射到天花板一堆氣根上，在一個小範圍裡來回不定地移動。

「你們上次就是在這裡看到子靈的臉，對吧？」

她這一問勾起巫眞的記憶。那場面還眞是教人三魂不見了七魄。他答：「大概是了。」

「什麼叫看到子靈的臉？」蕭大年驚駭地問：「你們沒跟我提過？」

巫眞爲免嚇死蕭大年，所以一直沒向他說，只是提到了子靈的魂魄在樹屋裡面，正想開口解釋時，卻被方圓搶先說：

「快跪下來，求樹妖放過你吧！」

「等等，你們講的話，怎麼和剛才跟我說的好像有點不一樣？」蕭大年的聲音裡有點顫抖。

「要是一樣的話，你還敢來嗎？」方圓怒道。

「你們居然騙我！」

蕭大年想轉身離去時，方圓很快把背上的劍解下來，擋著去路。

「騙人的，是你吧！」她的語音鏗鏘，字字有力。

「我哪有騙你們!?我什麼都一五一十告訴你們了！」

方圓繞到他身後，把劍連鞘朝蕭大年的後膝關節劈去，要他馬上跪下。

巫眞來不及阻止，喝道：「妳怎能打人？這是犯法的啊！」

「說得好，打人是犯法，那殺人呢？」方圓問。

「他沒有殺人。」巫眞說。

「誰說沒有？」

「他只是沒報警，任由瑋瑋在樹屋這裡……」巫貞停了一陣才接口：「被吃掉。」

「重點是，怎樣被吃掉？」方圓站在跪地的蕭大年身邊，劍鞘架在蕭大年頸上，「你自己再說一遍。」

巫貞覺得方圓知道自己不知道的事，也沒有告訴自己。她要連自己也騙了，才能配合演戲，才能把蕭大年誘到樹屋來。

「就是玩捉迷藏——」

他還沒說完，方圓已走到他後面重重踹了一腳，教他向前撲倒，掉在白霧裡。

「還在騙人，死不悔改！」方圓喝道。

「不是捉迷藏嗎？」巫貞問。

「你也太好騙了。一個感情那麼好的朋友，而且是女的，你忍心找不到她後，一個人離去嗎？就在上星期，他還一個人偷偷跑去醫院探望子靈。」

「妳怎知道？」蕭大年撐起身來。

「我去醫院找到子美，是我叫她聯絡你的。」方圓解釋。

「難怪——」蕭大年恍然大悟。

「你這種鍥而不捨的精神，是從小培養的，否則，怎可能一直唸冷門的藝術系？你不可能輕易放棄瑋瑋，除非是你自願放棄。」

「放棄？」巫眞問，「爲什麼？」

「那是一場交易，一場和魔鬼的交易。」方圓猶有餘慍。

「沒有這回事。」蕭大年想站起來，卻被方圓喝止。

「跪下。別耍我們了，沒有這一筆交易的話，你們家怎可能有錢去買飯店？你那間飯店，雖說是家族生意，但你們家接手才不過十幾年，就在瑋瑋死後不久。我查過，你父親本來是在那家飯店打工的老員工而已。一個老員工，怎可能有錢頂下一家飯店？」

巫眞這才覺得眞相不只和他所知的相差甚遠，而且還很不單純。

「有什麼不……不可以？」蕭大年一時提不起氣來，半晌後才接口：「我爸是好員工，前任老闆以超低的員工價，把飯店轉讓給他。」

「不，你們是花了一大筆錢把前任老闆的飯店買下來，他拿了錢後，給孩子接去澳洲享清福。」

「胡說八道！妳有什麼證據？」

「我找到老闆的手機號號，直接打過去問。」方圓拿起手機，「而且錄了下來，你要聽嗎？」

蕭大年一聽，當下無語。眞相爲何，再清楚不過。

巫眞覺得方圓實在神通廣大，問：「妳怎可能找到他？」

「我假裝是週刊記者，想訪問他的成功之道，所以他就向我說得一清二楚。你少插話，現在我要集中火力對付這傢伙。這麼多年來，他騙了不知多少人！」方圓道。

「妳怎能冒充記者？是犯法的！」巫眞覺得方圓所謂的隨機應變就是不理後果，「等等，我跟不上來。如果老闆沒給他便宜的價錢，他家如何能買下飯店？」

「這才是整件事的關鍵。他把瑋瑋獻了給樹妖。這樣一來，樹妖吸光了人的精華後，就有非常強大的能力，能保佑他一家。」

「怎樣保佑？」

「你問他。」方圓說，見蕭大年不敢答話，便解釋道：「他一家人幾年內從地下賭場裡陸陸續續賺了上億元，加上銀行貸款，在當年經濟蕭條的環境下，足以買下一家飯店。」

「樹妖怎可能有這麼大的力量？」巫眞問。

「一般樹妖不會，可是你看那樹是什麼樣子的？要是說它能夠站起來跑到安平古堡那邊，我看你都信吧！它那次肯定動用了全部能量，要好幾年才能復元。不過，瑋瑋一個人的血肉之軀應該夠它汲好幾年才變成白骨，不只夠它復元，力量更會增強。」

巫眞環視這棵用樹根侵呑屋子的怪樹，「如果妳說這樹被外星人入侵，我也相信。」

「要是這樹妖和我訂下契約，我的女友怎可能一個個死掉？我對子靈是眞心的。」蕭大年自辯道。

巫眞說：「說不定這樹妖貪得無厭，不管你有多少個女友，它都會把她們殺掉，好把她們的氣吸得一乾二淨。」

「沒錯，你現在可以做的，就是求樹妖原諒你。」方圓說：「我們不是法庭。你認錯，我們也無法送你去警局。你現在要做的，就是爲自己的良心，當然，還爲了子靈，這是最現實的。」

蕭大年先是凝視方圓，再凝視巫眞，眼裡像有千言萬語，嘴角微微抽動，卻久久不能言語。

「如果你眞的愛子靈，就跪下求樹妖原諒吧！求它釋放子靈的靈魂。」方圓道。

蕭大年點頭，把頭垂得很低。

「叩頭啊！」方圓走到他後面。

蕭大年聽了，連連叩頭。

「求求你，釋放子靈。」

方圓再踹他屁股，蕭大年跌了個狗吃屎。

「你把瑋瑋犧牲掉，是多麼喪心病狂！」巫眞知道眞相後，也怒不可遏。

「我知道這一切全是我的錯。」蕭大年仍然跪在霧中。

樹屋發出一陣聲音，像話，卻不是話。那個聲音沒有抑揚頓挫。惡魔的呢喃，原來就是如此。

巫眞聽到地上有什麼東西窸窣作響，定睛一看，地上的白氣裡可見樹根像蛇般若隱若現蠕動翻滾，並攪動白氣，教他們以爲身在雲深不知處的山上。

巫眞終於感受到這樹的妖氣。方圓沒有說錯，這樹能把妖氣隱藏起來，如今終於大肆蔓延而出，露出眞面目，讓他和方圓感受到它的強大威力，就像美國軍隊攻打敵人，一開始不管三七二十一先發射導彈來個三日的地毯式轟炸，但求震懾對手。

巫眞的心怦怦狂跳，他雖身懷異能，但從沒面對過邪靈，更沒想到第一次就要對付強大的樹妖。他的氣場很小，微不足道，可是沒想到方圓的氣場比起樹妖，也只是大巫見小巫。

巫眞不敢妄動，畢竟，冤有頭，債有主。和這樹有瓜葛的，不是自己和方圓，而是蕭大年一個。

「死人的魂魄，我要來何用？」

樹妖呢喃了很久後，巫眞終於聽明白它的話，沒想到聲調並不深沉，反而比較尖，像是女聲，而不是男聲。這沒錯，當初在這樹上吊死的，就是猴伯的母親。

「妳這話是什麼意思？」方圓問，聲音裡沒有一絲畏懼。

「我殺掉那些女生後，就無法再收她們的魂魄。」樹妖說。

方圓不知樹妖到底在說什麼，「妳好歹吞吃了子靈的魂魄，收手吧！」

「她有什麼資格留在他身邊？我不能讓她得到幸福！她們沒有人可以得到幸福！」樹妖的話愈發大聲，令整間樹屋爲之震動。

「那是你們的交易吧！」方圓又說。

「我和這人沒有交易。妳有什麼資格在這裡說話？」樹妖道。

「妳只不過是妖物，難道有資格說話？」方圓反問。

「我當然有。」

樹妖答話後，前方一團霧氣應聲散去，眾人拿手電筒照過去，發現在比人身還粗壯的樹幹上浮現出一張臉。

那臉的五官從模糊逐漸變得清晰，巫眞以爲會是子靈，然而輪廓愈分明，他卻覺得愈不像。那是一張陌生的女顏，開始扭曲，愈來愈猙獰。

他不想凝視，卻不得不凝視，要知道這副駭人的臉最終會變成什麼。

「瑋瑋！」蕭大年道，那聲音就像見到地獄入口時發出的慘叫。

「瑋瑋？」

巫眞細看那女顏，卻認不出來，畢竟方圓拿回來的校刊照影本解析度不高。蕭大年認得出，只因他曾和瑋瑋共度了一段不算短的時光。

他去看方圓，微光中她的頭髮不知怎地竟飛揚起來，而且愈發狂野，劍雖還沒出鞘，但整個人已擺出一副蓄勢待發的架勢。

「瑋瑋，妳怎會還在這裡？」蕭大年問。巫眞也奇怪，如果蕭大年把她奉獻給樹妖，她應該早就煙消雲散，怎可能相隔十多年後仍然存在？

「很意外吧！姓蕭的，你一定很奇怪，爲什麼我還在？」樹妖說，聲音在樹屋裡來來回回晃盪，時而在遠處，時而在身後、在耳邊，無處不在。

蕭大年的嘴巴馬上像被封印，一句話也說不出來。

雨突然大了起來，滴滴答答的雨聲愈發響亮。

「那天晚上，我永遠記得那天晚上，姓蕭的説發現了很奇怪的東西，把我騙到樹屋裡來。我的朋友一向很少，也從來沒有男生約我。即使他要騙取我的身體，我也覺得我起碼有被騙的價值，也就隨他來。」

明知對方可能不懷好意要騙自己，也自願上當，巫眞覺得眞是病態！寂寞，可以教人做出種種奇怪的事來。

樹妖的聲音變得陰沉，「我進來後不久，他就拿不知什麼東西把我敲暈。等我醒過來——不，我根本沒再醒過來——等我再有意識時，已經失去了我的身體！沒想到，他眞的是騙了我的身體，非常徹底。」

一條樹根跳了起來，像揮動鞭子般劃破空氣，呼呼作響。

巫眞望向方圓，她一邊聆聽，一邊窺視蕭大年。蕭大年則把臉隱沒在黑暗裡，不發一言，大概是心虛。他那天說不當一回事而離開現場，根本就狗屁不通，怎也說不過去。

樹妖繼續道：「我發現自己站著，卻根本無法動，後來才發現自己竟然被困在樹幹裡面，變成了一棵樹。有個聲音向我說話，自稱是樹妖。它是眞正的樹妖，一直在這樹屋裡盤踞了好幾十年。這棵樹因它而變得如此怪異和畸形。不過，它仍不滿足，想要更強大的力量，於是找了一個常在這裡玩的少年，和他做了個魔鬼交易。」

巫眞和方圓的目光同時射向蕭大年。

「結果，你們應該都知道，他把我獻給樹妖，而樹妖則在好好汲取我身爲人類的能量後，幫他在地下賭場裡賺了好多好多的錢。」

「讓我來猜一猜，樹妖吸收了妳後，妳並沒有死去，而是和它共存。」方圓說。

「沒錯，我和它在這裡共生，一起吸收日月精華。我假裝是它的附從，拐騙它給我一些能量，好讓我可以茁壯成長。外面有棵榕樹，就是我以前的主體，是我靈魂的所在。」

在巫眞印象裡，外面確是有幾棵幼小得多的榕樹，但對方指的是哪一棵就不得而知了。

「樹妖給了我一半力量後，外強中乾，我趁勢盜取它的養分，搶奪它的資源，削滅它力量，最後乘虛而入，反客爲主，搶去了這樹的控制權。我沒有像樹妖留下我那樣仁慈，而是把樹妖殺掉，教它魂飛魄散。我從它身上學會不要犯上同樣錯誤。」

「妳眞的是……瑋瑋？」蕭大年結結巴巴地問。

「是你殺了我！讓我變成這個樣子！我不會讓你得到幸福！」

說話的既是樹妖，也是瑋瑋。它揮動樹根如鞭，重重地抽打蕭大年。清脆響亮的一聲後，蕭大年登時慘叫。

巫眞雖然看不到，但想必蕭大年身上多了一道血痕。

「沒想到事情原來和我們想像的很不一樣。」巫眞輕聲對方圓說。

樹妖繼續揮鞭，蕭大年連連叫痛。

「也沒差，我們來的目的沒變。」方圓沒有出手阻止，只朗聲道：「這男人妳打死他也不要緊，那個女的妳可以放手吧。她是無辜的。」

樹妖沒答，揮鞭更快，鞭聲更響。蕭大年把身子縮得愈來愈小，但叫聲卻小了下來。不知是默默承受，或者習慣下來。

「我手上的是斬妖劍，快釋放子靈的魂魄！」方圓喝道。

「斬妖劍？有用嗎？」樹妖不爲所動。

巫眞耳後生風，回過頭來，用手機一照，依稀瞄到一條樹根在方圓身後揚起，快速向前刺來。他馬上把方圓拉到身邊，教那樹根撲了個空，然而，另一條樹根，還有第三條，加上不知多少條樹根同時揚起，準備從四面八方同時向被包圍在中間的他們發動攻擊。

方圓忙拔出劍來，登時銀光閃閃。樹根望而生畏，紛紛向後退縮。她趁勢向樹根揮劍，樹根更是左閃右避。

巫眞心想這斬妖劍果然名不虛傳。

可是方圓劃出一道又一道刀影，卻傷不了樹根分毫。巫眞見她雖然雙手握劍，但毫無章法。樹根從左閃右避，變成只要稍微一挪，就可輕意避開劍鋒。

斬妖劍本身不是應該有力量驅魔嗎？巫眞不禁納悶，心感不妙。

樹根漸漸不再躲避，轉守爲攻，如遊龍似的繞著他們起舞。

巫眞和方圓背貼背地站。

「小心後面！」巫眞急道。

方圓馬上回過身，不管三七二十一挽了幾個劍花，樹根都能輕易避開，絲毫無損。

「又來了，我的腳！」

方圓又急轉身，從高而下砍落，不料樹根只是虛招一晃，根本無意進攻。

「左邊！」「右邊！」「左邊！」「妳出劍時要小心別砍到我！」「我中招了！不是妳的劍，是樹根！」

樹根開始改變戰術，有時看來像不經意的一招，卻是實實在在的偷襲，但也只是輕輕一點，志不在傷人。

巫眞沒想到樹妖會來這種虛則實之，實則虛之，虛實交錯的招數，教他們難以招架，疲於奔命，像貓玩弄耗子。蕭大年反而被冷落，晾在一旁，似已身受重傷，無法走動。

巫眞和方圓身上沒受一點傷，卻被玩弄得透不過氣來。巫眞料想萬一樹妖來眞的，他們就麻煩了。更教他焦急的是，方圓身上的氣逐漸褪散，揮劍的力氣也愈來愈小。

他想要找什麼東西應急時，才發現手上除了手機外，什麼也沒有。也許，三十六計走爲上策，才是最佳的解決辦法。

就在他思考怎樣全身而退時，方圓剩餘不多的氣場突然全部消失，和上次一樣。

幸好的是，她並沒有像上次般暈倒。

一條樹根突如其來，捲到劍身上，用力一抽，從方圓手上輕易捲走。它動作之快，他和她都來不及反應，只能看著樹根把劍提起，靈活轉動，像仔細端詳。

「什麼斬妖劍？原來只是把廢劍！」樹妖用不屑的語氣道。

方圓想抗議，卻有氣無力。巫眞記得，方圓如果沒有氣場的話，性格也會有所變異。也許這個沒有氣的，才是本來的她。

沒有斬妖劍，他和方圓除了身擁氣場，別的本領都沒有，正想提議逃跑時，好幾條樹根突然撲出，迅速把方圓捲走，拉到樹幹上。

方圓發出一陣尖叫，巫眞馬上衝過去想救人，不料小腿被樹根纏住，只能眼睜睜看著一條又一條手臂粗的樹根像繩子般把方圓綁在樹幹上，一圈又一圈，很快就把她身體包裹起來，最後換成用氣根像紮紗布般纏上她臉。沒多久，她從頭到腳都被包紮得密不透風，變成像一具木乃伊。

「媽的，妳想連她也吸進去!?」

巫眞想上前救方圓，可是動彈不得！而且，他憑什麼去打敗樹妖？那把斬妖劍正被樹妖當成玩具般舞弄。

他孤立無援，在場的還有蕭大年。那傢伙似乎早就嚇呆了，只能癱軟地坐在地上。

「眞是廢物！」他眞想走過去賞姓蕭的一巴掌，這一切都是這傢伙害的，否則他現在應該在家裡看電影，準備晚上十一點時好好上床睡大覺。

「放開她！」巫眞對樹妖大聲道，虛張聲勢。

「哈！你有什麼本事叫我放開她？」樹妖笑道。

巫眞當然清楚自己沒有談判籌碼，但實在想不到有什麼方法。

這樹妖會不會吃軟不吃硬？他這輩子從來沒跪求過人家，不過，爲了方圓，他願意放下面子。

就在他準備下跪時，樹妖倒說：

「我們不如做一筆買賣？保證大家都有賺的。」

「別小看我，我不會把她奉獻給你。我一定要帶她離開。」

「放心，我沒打算要留下她。我反而可以讓她愛你一輩子、崇拜你一輩子，永不分離。」

樹根鬆開他的小腿，讓他重獲自由。

巫眞不知樹妖到底在玩什麼花樣，心念一動。「我不會和她一起被妳吃掉。」

「開什麼玩笑？我沒有興趣吃你。你現在身上的能量和我相比，簡直微不足道。」

「別答應它！什麼也別答應它！你會後悔莫及。」沉默多時的蕭大年終於開口。

「不，你一定不會後悔。而這件事，除了我以外，沒有人可以幫你。」樹妖道。

「是什麼？」巫眞實在好奇是什麼。

「只要你幫我殺了這姓蕭的，我可以把這女孩的能量全部轉移到你身上，到時，你就可以事事都壓過她，她會視你如偶像，一輩子死心塌地愛你。」

巫眞幾乎難以置信。那是一個多麼吸引人的行銷方案。樹妖眞了解自己。他想起《教父》裡的至理名言：完美的合作條款，就是要教對方無法推卻。

樹根把斬妖劍插到巫眞身前的地上，只等他拔出來。

「把她的全部力量給我？」巫眞問。

「不，如果是全部的話，她就和一般女子沒有兩樣，對你來說，就沒有吸引力，也不好玩了。我可以把她大部分力量轉移到你身上，只留下一點點給她。」

巫眞開始想像那會是怎樣的情境。方圓仍然是冷酷的女生，但由於能力不濟，時刻都要找自己幫忙。如果日後她有什麼疑難雜症都要找自己，久而久之，她就要完全依賴自己。

不，別說依賴，男女之間的權力不應該一面倒，只要他們的強弱不是那麼懸殊，就可以互相扶持，而不是像現在般讓她處處位於上風壓過自己。

她那衝動的性格，也許會因此收斂，變得更平易近人。

他相信他們可以相守與共，成爲人人稱羨的伴侶。那是一幅多麼漂亮的風景。

巫眞不敢去幻想這個美好的未來，誘惑太大了，冷靜下來，問：「爲什麼妳自己不動手？以妳的能力，要殺個人也輕而易舉。」

「沒錯，我只要揮動樹根，就可以把他劈開兩段，但太便宜他了。我要他死前被嚇得屁滾尿流，不，這還不夠，我要他知道恐懼，要他知道被朋友出賣、被殺掉，是怎樣的滋味。我要他帶著這感覺下地獄。」

「不要，不要殺我！當年我媽欠了一屁股賭債，我爸辛苦工作但賺不了多少。我家很需要錢，需要一家飯店來支撐我們的生活。」蕭大年站起來，但根本站不穩，很快又跌坐在地。巫眞覺得他的腳被樹根纏著。

「當年你留下我一人在樹屋裡叫天不應叫地不靈時，有考慮過我的感受嗎！」樹妖喝問。

「現在的我，已經不是當年的我。多年來，我都爲當年的事後悔不已。」

「說得好聽，不管怎樣，那天你的過錯，總得由你來承擔！」樹妖調整聲音後，又道：「你叫巫眞是吧！不管是爲你，或者我，你都知道應該把你的劍砍到哪裡去。」

巫眞被樹妖這麼一說，才記得劍還在自己跟前，底下有白煙縈繞。

「不用擔心處理屍體的問題，我可以把他屍體埋在泥土裡，和當年他把我埋掉的做法一樣，沒有人會發現。你只要殺掉他就可以。日後你如果有要殺的人，也可以帶來這裡讓我替你處理。」

巫眞覺得這樹妖——也就是瑋瑋——眞厲害。不管他想到的或者沒想到的，都設想周到。瑋瑋要是沒被樹妖吃掉，現在應該是很厲害的人。

「來，拔劍，我可以幫那傢伙發財，也可以幫你，只要你幫我殺掉他。」樹妖加把勁遊說。

殺掉蕭大年，不但無後顧之憂，反而可以拿到更多好處。

巫眞把劍拔出，走到蕭大年面前，把劍高高舉起。

「不要！不要！」蕭大年不斷求情，最後更向巫眞跪拜。

「砍下去！把他殺掉！」樹妖的聲音同時在巫眞前後左右響起，「我不只會把那女的還給你，更會讓她變成聽話得不得了。」

巫眞腦裡不是一片空白，反而是一團混亂，今晚這裡發生的事，樹妖不說，方圓不會知道。蕭大年死後更會閉嘴。樹妖給他的，是千載難逢的大好機會。

這個建議可以讓自己拿到所有好處，而且無後顧之憂。

他腦海浮起不一樣的畫面，讓他的思緒飄到遠方。

他深深吸了口氣後，把劍用力向下砍下去。

蕭大年發出大聲的驚叫，這一叫轟動萬教，把附近的鳥都驚醒過來。

外頭傳來一陣陣拍動翅膀的聲音。

樹屋裡的霧氣也稍微散開了一點。

「還是砍不下去嗎？」樹妖的聲音從四面八方逼近。

巫眞慢慢回過身來，雙眼卻是閉上，過了一陣才再睜開來。

「他死不足惜，我不同情他，他只不過是行屍走肉。可是，我不能讓自己沉淪到和他一樣，爲一己私利而出賣自己的靈魂，出賣自己的朋友。」

蕭大年大大地鬆了一口氣。剛才那一劍，巫眞是故意劈到他右邊，但足以把蕭大年嚇個半死。

蕭大年抬頭時，和巫眞對視。「你……你的眼睛……」

「我的眼睛怎麼了？」巫眞問。

「你的眼睛在發光。」

「發光？」

蕭大年連連點頭，但巫眞仍然不解。

巫眞掃視四周時，很快就發現了不一樣的景象。他察覺被重重樹根密封的方圓全貌。他像透視眼似的，還瞄到另外兩個女人藏身在樹幹裡，樣貌非常清楚。一個是被囚禁的子靈，另一個是瑋瑋。他逼視的，應是她們的靈魂——或者叫魂魄、元神——所在。

這一切一切，他本來是看不到的。

「你想怎樣？」樹妖問，語氣沒有剛才的聲勢，像發現自己的一切都已被他洞悉，無所遁形。

「把她們還我！」巫眞問。

「你自己來拿。」

巫眞聽了，也不再答話，握劍就往瑋瑋元神所在的那棵樹幹衝過去，好幾根樹幹也同時從正面向他刺來。他揮劍狂斬。

他劃出一道道漂亮的銀色弧線。

一條條樹根應聲斷開。

其他樹根同時退避，不再進攻。

「識相的話，妳就放開方圓。妳這樹……我不想破壞這個著名觀光景點。」巫眞咬牙切齒道。他感受到自身的氣場超出平日甚多。

「好、好、好，我答應你。」

樹妖剛說完，綁在方圓身上的樹根便一一解除，很快她又重返人間，但仍失去知覺。

巫眞想上前扶她時，不料方圓的身子突然向自己撲過來。

巫眞見識過這一招，上次是單眼相機，這次是人，也幸好是人，所以速度不像被扔來的相機那麼快。只是方圓這樣的投懷送抱，他實在始料未及。他側身，好把方圓一抱入懷。但那衝力實在很大，他最後根本站不穩，和方圓雙雙倒在地上。

他剛倒地，便感到一陣黑影向自己撲來，原來無數樹根正排山倒海湧過來，覆蓋在自己和方圓身上。他們很快便被樹根密封起來，再也看不到一絲光線，耳邊只聽到樹根層層堆疊的聲音。他覺得自己像被活埋了。

樹妖對這男生的戰鬥力深感吃驚。沒想到那男的氣場會一下子膨脹起來，反過來超越那女生。

要不是自己使了點詐，麻煩就大了。

不能用樹根把這個男的勒死。他身上的氣應該滿有用的，那女的也不要放過，反正一不做二不休。就用當年樹妖對付我的方式，把他們的氣全部吸光。

只是，只是……

樹妖不及細想，便見那個由一層層樹根堆疊而成、鼓起來的「樹球」居然爆開。那男生站了起來，眼睛發出凌厲的光，不過，這光還不及他手上的劍來得明亮。這劍不知怎地竟通體發出一陣迫人的寒光。

巫眞雙手執劍，高高舉起，奔向那個藏了瑋瑋元神的樹幹。這一路不是暢通無阻，但他氣勢如虹，遇神殺神，遇佛殺佛，被斬下的樹根很快散布地上。最後他把劍倒握，狠狠刺進樹幹裡。耀目的劍光，把樹幹變得通透發光。

樹妖發出一聲淒厲的慘叫，如痛入心脾。

巫眞感受到樹妖的妖氣如同地上的霧氣迅速退散。

他也終於聽到雨打到木棧道上像子彈般的聲響。

44

巫貞送方圓去醫院後，爲了應付醫護人員的詢問，只好假冒是她男友，想到她可能會爲此勃然大怒，只好寸步不離看顧她，連續兩餐都在醫院餐廳裡吃。這裡的食物可能是全台南最難吃的，一點味道也沒有，彷彿教他爲撒謊而贖罪。

他看著躺在床上的她，想握她的手，卻不敢伸手去握，怕她醒後會責罵自己吃她的豆腐。他捫心自問一向都是正人君子，在街上看到正妹，頂多只是目不轉睛，沒有其他遐想。

醫生說她暈倒很可能是因爲貧血，只要輸血和打點滴，第二天就可以醒來。他沒有騙人，方圓在入院近二十小時後終於醒來。

巫貞等的就是這一刻，所以連廁所也來去匆匆，好讓她醒來的第一眼發現他在身邊像忠犬八公般默默守候。

她要等到第二次醒來時，才有力氣說話。

「我果然是在醫院裡。」她氣若游絲，如巫貞所料，她的脾氣隨氣量而變化。沒有氣的她溫馴得多了。

「還是妳情願不是在醫院？」巫眞開玩笑說。

「我多怕會像那個瑋瑋，一睜開眼，就發現自己變成了樹的一部分。」

「放心，我已經幹掉瑋瑋了，徹底幹掉，她再也無法作惡。」

「太好了。」她甜甜一笑後，又闔上雙眼。

「妳怎麼了？」巫眞急問。

「我好累，想再睡一會。」她仍然閉上眼，不同的是，臉上掛了笑意。

他把頭俯得很低，幾乎可看清楚她鼻上的毛孔，好想好想親她一下，但還是忍著。只是沒想到她會猛然睜開眼睛，和他互瞪。

「你靠這麼近做什麼？」她吆喝。她的氣場突然回來了。

「我想聽妳的呼吸聲。」他慶幸自己腦筋轉得快。

「放心，我還沒死。」她用雙手撐起身子。

「妳不睡了？」他問。

「我睡不著，怕被偷襲。」她笑道，也沒等他接口，便逕自說下去：「告訴我那晚到底發生什麼事。」

「妳暈倒後，我用天命劍把樹妖幹掉。」他把劍帶進醫院裡，用外套包好當成是拐杖不離身，「然後把妳抱出來，送到醫院去。」

「就這樣？」她一臉失望問。

「對，」他沒有說出實情，「妳以爲怎樣？」

「我還以爲有一輪激戰。那姓蕭的怎樣？」

「我今早看報紙，才知道樹屋在我們離開後，天花板整個塌了下來，把他壓在下面。工作人員第二天上工時，才把他救出來，送到醫院裡。」

「你居然見死不救？」

「我是在把妳抱離現場後，才想起他，以爲他早一走了之，但出了樹屋後才發現他沒回到自己的車上。本來我還想進樹屋裡找他，不過，我覺得妳比他還需要我，所以一步也沒有離開妳。」

她笑了笑，「嗯，很好，我好久沒聽過這麼動人的話。」

「是嗎？」巫眞忍不住抓後腦，有點不好意思。

「不只你剛才說的話，還有你的作爲。很感謝你爲我做的，眞的很偉大。」她換上很認眞的表情，「但我沒有打算以身相許。」

「放心，我也不會趁人之危。」他瞄向她的頭髮，「可惜妳那個紫色的髮箍不見了。」

她這時才伸手去摸。

「不用摸了，我送妳進來時就已經沒有了。」

「看來是遺留在樹屋裡。」

「等妳出來後，我們一起去找。」巫眞說。他想起金婆婆的話，她警告說他會失去一樣重要的東西。如今他明白他失去的，不是性命，不是什麼身外物，而是從方圓身上竊取她能量的機會。

45

蕭大年醒過來，看到白色的天花板時，才驚覺好險好險。

他以爲自己無法擺脫樹妖並離開樹屋，想不到最後能逃出生天。

他想把自己撐起來時，發現雙手不只無法動彈，而且沒有知覺。他大驚，即使自己平躺在床上，仍然用盡氣力把頭抬起來，看到被單下身軀兩邊還有隆起的雙手，才大大鬆了一口氣，讓頭重重摔回枕頭上。

他想呼叫護士，卻沒有力氣。

時間一分一秒過去。

那對男女不知怎樣？不管了。他們與他無關。總之他趁他們打得天昏地暗時在地上爬著走……豈料突然被不知什麼壓著。看來，他們也一樣。

他們最好死在樹屋裡，好讓他的祕密永遠無人得悉。

當年他跑去樹屋畫畫，但技藝太差、太稚嫩，怎麼也畫不好。台南夏天實在熱得教人受不了，他找了一片樹蔭午睡。夢裡聽到一個聲音，不是男的也不是女的，說可以幫他，他要什麼都可以，只要晚上帶些動物過來獻給它就行。他只當是夢，但幾天後還是帶了隻野狗去樹屋。

一隻又一隻後，他的畫技日漸提升。樹妖說可以幫他媽媽從地下賭場賺大錢後，他就開始接近瑋瑋，傳紙條，下課後在冷僻的地方見面，不讓其他人發現。她人畜無害，不起眼，萬一消失了，大概很快就被忘掉。

瑋瑋其實沒有表面看來那麼溫順，她喜歡向他吐苦水，抱怨自己父母愛吵架，即使只是雞毛蒜皮的小事也可以吵個不停，所以她不愛說話，可是他發現她一說話就說個不停，不容他插話。她自我中心，對很多人很多事都看不順眼，班上一半同學她都很討厭，也懶得和他們講話。

「本來我以爲你也是那種人……我幻想過把他們一一殺掉。」

他沒有答話。人果然不可貌相。不只是她，也包括自己。他心裡還不是另有盤算。不同的是，她對他坦白，他從來沒有。她只是打嘴砲，而他卻付諸實行。她視他爲唯一的朋友，而他自始至終一直視她爲獻給樹妖的犧牲品。

不知瑋瑋現在怎樣了？希望和那對男女同歸於盡吧。眞是怪咖，不，是怪物，不管生前還是死後都一樣。麻煩。難纏。不討人喜歡。當年要不是老子出手，她這輩子根本沒有男生會約她。當年以爲只要她消失了，就此一了百了。沒想到她原來還死纏爛打抓著自己不放，一直殺害自己的女友。

幸好一切已成過去，如今終於徹底解決了她，再也無後顧之憂。

他想著想著，竟然睡去。

再醒來時，妹妹坐在床邊的椅子上，靜靜注視自己，問：「你好點嗎？」

「放心，我死不了的，只是有點累。」

「那就好了，我們都很擔心。」

「爸媽呢？」

「在外面。」

妹妹說要去廁所後就離開了，過了很久才和爸媽一起回來。兩老的步伐都有點蹣跚，臉上都有淚痕。

「你好點嗎？」父親問。

「不錯，你看，我很快就可以出院，和你去爬山，開車和你到處玩。」

他沒想到剛說完，母親的淚水就嘩啦嘩啦滾下來，妹妹也哭了起來，還拿紙巾給母親。

他大感不妙，一定有什麼很不妥的大事。

「是什麼事？」

他急問，不想被蒙在鼓中。要是有什麼壞事降臨在自己身上，他可不想最後才知道。

父親別過臉，和母親不動聲色離開，他愈感不妙。

「到底是什麼事？」他問妹妹。

「是子靈姊。」

他鬆了一口氣。原來是子靈。不過是子靈，那表示問題不是出在自己身上。

兩老和子靈感情很好。他這幾個女友，他們最喜歡、最疼的就是她，難怪他們會痛心得說不出話來。

「子靈姊昨天醒來了。」妹妹說：「可是，她說要馬上取消婚約。」

「爲什麼？」

「她說知道所有事。」

「什麼叫所有事？」他驚問。

「我也這樣問。她變得很怪，說知道你所有事……所有你以前做過的事。」

「我以前做過什麼？」他怯怯地問，儘管心裡有數。

「她說知道你怎樣對待那個周瑋瑋。」妹妹又問：「我問她到底是什麼。她叫我直接問你。」

他覺得全身寒毛直豎，子靈知道一切前因後果，可是她如何知道？難道她的靈魂被困在樹裡時，竟能聽到他們的對話？

「我什麼都不知道。她是撞傷腦嗎？」他說。

「不確定。她不願和我多說。我看，她不想再見我們了。」

「等我出來後去找她好好談一談。」

話是這樣說，可是，他已下定決心，不再去找她。

他希望她別跟人家說那些事，不過，就算她說，其他人也未必會相信，認爲全是昏迷時的幻想。

妹妹沒有答話，只是點頭。

兩人東拉西扯聊了一陣，他覺得兩人已經好久沒有這樣聊了，一下子回到還是高中生的時光。

如今他們聊的已是不一樣的話題。談工作，談前途，談飯店的繼承權，就是太實際，心靈上反而少了親密的溝通。

沒多久，醫師和護士進來病房爲他檢查，歡樂的氣氛終於終止。

「痛不痛？」醫師似乎很用力地敲打自己的手腳。

「不痛。」

蕭大年終於開始擔心，他豈止感受不到痛，根本是一點感覺也沒有。

醫師以很有感情的口吻道：「那天你被壓倒的時候，救護人員花了很長的時間才救出你，你已奄奄一息，我們以爲你撐不了，沒想到，你撐了過來，你的生命力實在非常頑強……」

蕭大年不是沒腦的，自己明明現在好端端，醫師卻拚命提到「奄奄一息」和「撐不了」，再誇他的生命力很頑強，這些都不是廢話，而是在給他打氣。

他明明已經撐過最困難的時期了，還要打什麼氣？這才教他感到不安。

醫師身邊有個護士，嘴角掛了笑容，是擠出來的，像是北韓的新聞主播報導國家的好消息時那般勉強。

「別拐彎抹角了，你到底想說什麼，直接告訴我就是。」蕭大年說。

醫師看了護士後，推推眼鏡。

「那天你被重物壓著腳，等我們救出來時，你右腳裡的血由於沒有流動，因此已經壞死——」

蕭大年聽到這裡時，已大感不妙。

「——爲了保住你的性命，我們只好不得已把你的右腳鋸掉。」

他心裡涼了一截。沒想到才幾天，一條腿就沒有了。

當年他害死瑋瑋，如今只不過賠一條腿，也算是賺了吧。

而且，才不過缺了一腿，不打緊，也許這反而可以增加他的傳奇色彩。霍金要不是出了這狀況，也沒什麼人會留意他。那些黑洞理論比黑洞本身更難以理解。

「放心，只是少了一腳，我可以撐過去的。受傷後殘而不廢的藝術家，往往一出場就會引來全場掌聲。」

他打趣道，可是其他人似乎都不怎麼欣賞他的話。

醫生的臉色更是難看得很。

「你其他的手腳情況都很不樂觀。我們正在觀察，要視乎情況，要是太糟的話，很不好意思……」

醫師沒再說下去，但蕭大年馬上意會到他後面沒說的是什麼。

「什麼？你要切除我四肢！」

「我們會盡力搶救。」醫師沒有否認，但說得很公式化。

妹妹的淚水又翻滾下來。她早就知道，只是說不出口。

「天啊，你們要把我的手腳全部鋸掉！」

蕭大年覺得難以置信。

「蕭先生，請你先好好冷靜，你的心情會影響你的身體狀況……」護士終於開口。

醫生接下來說的話，蕭大年一個字也沒有聽進耳裡。

缺了四肢，難道他要用口啣著畫筆？或者像霍金一樣用眼球控制電腦來打字嗎？讓人推他到處走嗎？

他才不要用四肢來交換什麼名譽地位！

想到自己以後再也無法騎機車一個人到處玩，要長時間待在同一個地方，連大小便也要人家照顧，他感到悲痛莫名，發出身體被撕裂的叫聲。

46

樹屋是台南重要景點，排名僅次於赤崁樓和安平古堡之後，所以，天花板倒塌的新聞足以傳遍整個台灣。

這件事竟然是自己引起，巫眞感到難以置信。他想起放火焚燒金閣寺的和尚，幸好沒有人聯想到自己和方圓身上。蕭大年一力承擔整件事，只說是自己夜探樹屋時被壓倒，大概自知有把柄在他們兩人手上，所以不敢聲張。

工程師說榕樹破壞了樹屋的結構，塌下來不意外。市政府除派工作人員整固樹屋結構外，還勸告民眾別夜探樹屋，以策安全。

工作人員花了兩個月清理好現場後，樹屋才重新開放。

47

這天巫眞和方圓回到樹屋時，人仍然很多。那個塌下來的空間已經整理好，不過——

「這裡的樹少了一大半。眞可惜。」她慨嘆說。

巫眞發現，方圓自被他救出後，一改以往對自己兇巴巴的態度。不知道是否樹妖在她身上施下魔咒，又或者別的。溫柔的方圓，比以前有親和力得多，他更加喜歡。

要是她能永遠保持現狀就好了。

「榕樹長得很快，十年後再來，就會回復舊貌。」他為幾乎毀掉樹屋而深感內疚，因此翻查了不少資料。

「還是和以前不一樣。」

「對，沒有了樹妖。」巫眞話鋒一轉：「忘了說，子靈打過電話給我，感謝我們把她救回來，改天要好好請我們吃飯。」

「不用了。我幫她不求回報，但倒有興趣知道她和那個小莉怎樣了。」

「我問過她。她說患難見真情，已和小莉絕交。」

「做得好。都說有義氣的朋友很難找到。」她有意無意地說。

兩人走訪樹屋每個角落，希望能找回那個紫色的髮箍，但遍尋不獲。

「算了，我本來就沒抱什麼期望。只是一個髮箍。」方圓說。「但我反而發現另一樣意想不到的事。」

「是什麼？」

「其實，那天我聽到你的話，知道你做的一切。」方圓說。

「什麼？」巫眞的心撲撲亂跳。

「樹妖把我包起來時，我並沒有失去知覺，能聽到你們的對話。」

「它不是把妳全身封起來嗎？」

「我猜它是故意不把我耳朵封起來吧！要是你答應它條件的話，等我醒來後，你就要圓謊騙我，但我其實知道得一清二楚，最終反而討厭你，恨你一輩子。多歹毒的心腸啊！」

他這才被方圓一語驚醒，回想那時的情況，眞是好險好險，要是一念之間行差踏錯，表面上拿到大便宜，其實萬劫不復。

「你爲什麼不把實情告訴我？」方圓問。

「因爲那個決定實在太笨，太令人難以置信。」

「不這樣做的話，怎顯出你的眞正人品？嗯，謝謝你啊！你知道，我不以身相許，但可以讓我請你吃大餐嗎？」

她用柔情若水的眼睛注視自己，教他受寵若驚。

「當然可以，求之不得。」他沒想到，原來不必動用武力，也可以教剽悍的女生屈服，而且，效果更好。

對蕭大年來說，樹屋毀了他一切。可是，要不是樹屋，巫眞無法和方圓結緣。

很多人很多事都用奇怪的方式連結起來，彼此糾纏，教人難以一眼看穿。

48

樹屋漸漸被夜幕籠罩。

在他們無法去到、眼睛也無法瞄到的樹頂，離地有好幾層樓高。那裡枝葉茂密，縱橫交錯，少有人注意，也難以被注意，是超出人類管轄的獨立王國，交由鳥類接管，是牠們棲息的天地。

一代又一代的野鳥在這裡築窩、生活、成長。

在某個由數根枝椏托起的鳥窩裡，有幾隻小鳥在等父母啣食物回巢。拿回來的有時是水果，有時是蟲兒，難以一概而論。

窩裡的雜物很多，不全是大自然的產物，有些是人工製成品，如髮箍。一窩鳥都不知道是些什麼，即使知道，牠們也無髮可夾，但也沒礙著牠們的生活。幼鳥喜歡站在髮箍上，好站高一點去爭奪食物。

牠們不知道支撐這個窩的枝椏，已在不知不覺中變形。粗的兩根愈來愈長得像人腿，而且粗度簡直一模一樣。細的兩根，則愈來愈像手臂，特別是開叉的部分，簡直像是張開的手掌，幾乎可在上面找到掌紋。每一條細枝的長短都和人類的手指相若，特別是那根彎曲的尾指。

《貓語人．殺意樹》完

後記

我不是台南人，甚至不是台灣人。像我這樣一個香港人，去寫以台南爲背景的奇幻故事，乍看有點不可思議。

我是在二〇一一年十一月才第一次去台南。出發之前做了很多功課去了解台南的歷史。這裡曾經是一個風雲色變的兵家必爭之地。荷蘭人、鄭成功、清廷、日本人、林小貓（我的好友施百俊兄還爲此寫過一本很好看的小說）等一一輪番登上歷史舞台，台南比我想像中有趣得多，我後悔編了很短的行程。

樹屋是朋友推薦的景點。「你一定要去看，而且你一定會喜歡。」樹屋本尊果然沒有教我失望。那些氣根張牙舞爪，在牆上縱橫交錯的樣子很像Jackson Pollock的畫。樹屋就像個持續生長的有機建築，深深吸引我。

那天人很多，不過樹屋有容乃大，不管多少人都吞得下去。我登上樓梯，看到躺臥在屋頂上的樹根簡直像海浪般準備撲出來，當下便想到樹根要是高速生長會是何等光景。

於是，就有了你手上這故事。

嚴格來說，不是我要寫樹屋的故事，而是樹屋有自己的故事要說，我只是著了魔，受命於樹妖，去虛構樹屋的故事。

巴黎聖母院因雨果而聞名世界，我希望安平樹屋也能因爲我這個故事而吸引更多遊客，更廣爲人知。

這書在明日工作室時，我謝謝以下諸位：把我引進明日工作室的叔慧姐和主編令葳，幫我把觸角伸出科幻以外的領域。責編金喵細心挑出小說裡的港式用語並一一換成台灣用語（我相信他也從中學到港台用語的差異！），針對不符歷史和不符台灣人生活習慣的細節提出專業意見。冬陽兄和寵物兄在時間緊逼下仗義出手惠賜推薦詞。陪我遊台南的朋友，特別是招待我的百俊兄一家。要鳴謝浩基和高普的穿針引線。沒有他們，不會有這本由香港人寫的台南奇幻故事。

來到蓋亞版，我希望內容不只和舊版不一樣，還要大大超越。畢竟是近六年前的作品，我看事情的方法已大大不同。除了把原書楔子連二十二章，重新編排變成楔子連四十八章，也修改了文字，添加了若干片段，希望好些地方更合理，更深刻，也令人物更有血有肉。簡單來說，讓故事更好看。這樣才對起得出版社，也對得起讀者。

這個新版能面世，第一個要謝的是居功至偉的總編育如。我們的合作自五年前《人形軟體》開始，如今她讓《貓語人》不只重出江湖，並延續下去。責編小劉是第一次合作。我的大幅改動和喜歡改到最後一分鐘的個性，使她的工作量和嘔心瀝血的程度不下於編一本新寫的小說。謝謝繪師青Ching，畫了風格迥異於舊版的封面，提供不同的視覺詮釋。謝謝掛名推薦的楊富閔、瀟湘神和曲辰，跟寫推薦詞的浩基、寵物先生和乃賴。

我身在香港，無法像台灣作者般常和讀者見面，幸好今天有打破國界的網路。我的臉書戶口在www.facebook.com/albertam72。歡迎大家來探我。如果你們喜歡這故事，請和這書合照，在臉書上標籤我，讓我認識你們。

不管是新知舊雨，歡迎來到（或再訪）《貓語人》的台南。

譚劍

2018.1.9

一間二十四小時營業的二手書店，
來過的人都發生異常之事……

巫眞與方圓有了大誤會，
而面對好友詭異上升的體重，他又該如何是好？

台南有強大妖氣活動著，
群貓四處查探，
府城之地的貓咪角頭戰，火熱開打！

一切古怪源自於一本書，上面的字每一個都可成鬼……

第二集〈字鬼〉
敬請期待！

國家圖書館出版品預行編目資料

貓語人／譚劍 著.——初版.——台北市：蓋亞文化，2018.02
面；公分.（故事集；002）
ISBN 978-986-319-319-7（平裝）

857.7 106024536

故事集 002

貓語人 殺意樹

作者／譚劍
插畫／青Ching 封面設計／克里斯
出版／蓋亞文化有限公司
地址◎台北市103承德路二段75巷35號1樓
電話◎（02）25585438 傳眞◎（02）25585439
部落格◎gaeabooks.pixnet.net/blog
臉書◎www.facebook.com/Gaeabooks
電子信箱◎gaea@gaeabooks.com.tw
投稿信箱◎editor@gaeabooks.com.tw
郵撥帳號◎19769541 戶名：蓋亞文化有限公司
法律顧問／宇達經貿法律事務所
總經銷／聯合發行股份有限公司
地址◎新北市新店區寶橋路235巷6弄6號2樓
電話◎（02）29178022 傳眞◎（02）29156275
港澳地區／一代匯集
地址◎九龍旺角塘尾道64號龍駒企業大廈10樓B&D室
電話◎（852）27838102 傳眞◎（852）23960050
初版三刷／2021年5月
定價／新台幣 240 元
Printed in Taiwan

ISBN／978-986-319-319-7

GAEA

GAEA